O Prisioneiro

Porque Roma era o seu Destino

O Prisioneiro

Porque Roma era o seu Destino

Autor: Agenor da Costa Junior

Primeira Edição – dezembro 2022

ISBN-13: 9798371874184

Selo Editorial: Auto Publicação

Dedicatória

Agradeço aos meus pais: Agenor Epitácio da Costa e Amariles Cordeiro da Costa que a seu modo me ensinaram o valor da leitura e da perseverança.

Dedico aos meus filhos Davi Ângelo Paiva da Costa e Débora Helena Paiva da Costa, como incentivo à leitura e, claro, a minha esposa Sandra Helena Paiva da Costa que tanto tem cuidado de todos nós.

Também dedico essa obra às crianças, adolescentes e jovens da família: Anne e Alysson, Maria Camila, Isadora, Jonas, Samuel e Sara, Letícia e Tiago, que cedo conheceram o evangelho de Jesus Cristo. Este, sim, merecedor de toda nossa gratidão, pelo seu sacrifício maior.

Introdução

No Natal do primeiro ano da pandemia de Covid-19, fizemos a leitura de um texto bíblico e me ocorreu a ideia de escrever um livro. No ano seguinte publiquei meu primeiro trabalho: Como Escrever Um Livro – A Epopeia de Um Leigo, fruto de minhas anotações para entender o processo.

Esse livro trata do nascimento do cristianismo e de seu maior expoente, Paulo, cuja trajetória o levaria ao seu destino, Roma. A capital do império, uma metrópole pagã, seria o lugar mais improvável para a disseminação de uma religião monoteísta e seu arauto a pessoa tanto mais apta quanto a mais improvável.

Escrever um romance passado no século primeiro, é um grande desafio. Optei por uma releitura do livro de Atos, inserindo elementos de ficção, aproveitando-me das brechas na história.

Existem muitas teorias, e muito do que conhecemos por história são apenas as teorias que se sobrepuseram às demais. Assim, busquei na versão digital, trazer links para enriquecer o conhecimento e dar embasamento às linhas que tracei.

A obra do historiador Flávio Josefo está presente no Prólogo, onde é traçado um panorama do tempo entre o cativeiro judeu e o domínio romano. É quase uma obra a parte, mas lê-lo ajuda a entender os dias do tempo de Jesus.

Sem maiores pretensões, espero fornecer uma leitura agradável para que o leitor adquira mais conhecimento de um período tão importante para nós, cristãos ou não.

Esta obra não tem fins lucrativos e os royalties arrecadados serão doados à Instituição Donos do Amanhã, que dá apoio a crianças e adolescentes em tratamento contra o câncer.

Contribuições podem ser feitas, independentemente.

Índice

Prólogo

Os Quarto Impérios

No segundo ano de seu reinado, <u>Nabucodonosor</u> II teve um sonho; sua mente ficou tão perturbada que ele não conseguia dormir.

Então o rei mandou chamar os magos, os astrólogos, os encantadores e os <u>caldeus</u>, para que declarassem ao rei o seu sonho.

E os caldeus disseram ao rei em <u>aramaico</u>:

— Ó rei, vive eternamente! Dize o sonho a teus servos, e daremos a interpretação.

— O sonho me tem escapado e se não me fizerdes saber o sonho e a sua interpretação sereis despedaçados, e as vossas casas serão destruídas. Mas, se vós me declarardes o sonho e a sua interpretação, recebereis de mim dádivas, recompensas e grande honra. Portanto, declarai-me o sonho e a sua interpretação.

— Não há ninguém sobre a terra que possa declarar a palavra ao rei; pois nenhum rei há, grande ou dominador, que requeira coisas semelhantes de algum mago, ou astrólogo, ou caldeu.

O rei se enfureceu e expediu um decreto segundo o qual seriam mortos todos os sábios da Babilônia. Assim, também buscaram a Daniel e aos seus companheiros para que fossem mortos.

<u>Daniel</u> rogou a Arioque, capitão da guarda real, que lhe permitisse falar com o rei e pedir-lhe mais tempo para declarar-lhe o sonho. O próprio capitão concedeu-lhe não mais que um dia.

Daniel foi para casa e fez saber do fato a Ananias, Misael e Azarias, seus companheiros, para que pedissem misericórdia a Deus, sobre este mistério, a fim de que Daniel e seus companheiros não perecessem, juntamente com o restante dos sábios da Babilônia.

À noite foi revelado, em uma visão, o mistério a Daniel. Por isso procurou Arioque pedindo para introduzi-lo na presença do rei a fim de declarar-lhe a interpretação.

— Ó rei, achei um homem dentre os cativos de Judá, chamado Beltessazar. Ele afirma revelar a vossa majestade o sonho e sua interpretação.

— Podes tu fazer-me saber o sonho que tive e a sua interpretação?

— O segredo que o rei requer, nem sábios, nem astrólogos, nem magos, nem adivinhos o podem declarar ao rei; Mas há um Deus no céu, o qual revela os mistérios. Ele, pois, fez saber ao rei Nabucodonosor o que há de acontecer nos últimos dias

— Declara-me que há de ser do meu reino, depois de mim!

— Ó rei, diante de vossa majestade estava uma enorme estátua e sua aparência era terrível. A cabeça era feita de ouro puro, o peito e o braço eram de prata, o ventre e os quadris eram de bronze, as pernas eram de ferro, e os pés eram em parte de ferro e em parte de barro.

— Sim, agora recordo-me. Sua visão era aterradora!

— Enquanto estavas observando, uma pedra soltou-se, sem auxílio de mãos, atingiu a estátua nos pés de ferro e de barro e os esmigalhou. Então o ferro, o barro, o bronze, a prata e o ouro foram despedaçados, viraram pó, como o pó da debulha do trigo na eira durante o verão. O vento os levou sem deixar vestígio. Mas a pedra que atingiu a estátua tornou-se uma montanha e encheu a terra toda.

— Dá-me a conhecer o seu significado.

— Tu, ó rei, és rei de reis. Tu és a cabeça de ouro. Depois surgirá um outro reino, inferior ao teu, como a prata. Em seguida surgirá um terceiro reino, reino de bronze, que governará sobre toda a terra. Finalmente, haverá um quarto reino, forte como o ferro, pois o ferro quebra e destrói tudo; e assim como o ferro a tudo despedaça, também ele destruirá e quebrará todos os outros.

— E os pés? Fale-me deles!

— Como viste, os pés e os dedos eram em parte de barro e em parte de ferro. Isso quer dizer que esse será um reino dividido, mas ainda assim terá um pouco da força do ferro. Assim como os dedos eram em parte de ferro e em parte de barro, também esse reino será em parte forte e em parte frágil. E, como viste, o ferro estava misturado com o barro. Isso quer dizer que se procurará fazer alianças políticas por meio de casamentos, mas essa união não se firmará, assim como o ferro não se mistura com o barro.

— Mas, por que a pedra despedaça a estátua?

— Na época desses reis, o Deus dos céus estabelecerá um reino que jamais será destruído e que nunca será dominado por nenhum outro povo. Destruirá todos ou outros reinos e esse reino durará para sempre.

Por volta de 606 a.C., o Império Babilônico dominava o mundo de então. Nabucodonosor II subjugou o povo de Israel e muitos foram levados para o cativeiro. De entre os cativos estava o jovem Daniel, da Tribo de Judá.

A Babilônia era uma cidade esplêndida, cercada por imensos muros, rodeados por profundo fosso e portas gigantescas. A cidade era tida como inexpugnável. O Rio Eufrates cortava a cidade em diagonal, sob os muros, fertilizando os maravilhosos jardins. A cidade foi parte do reino fundado por Nimrode, bisneto de Noé. O Império Neobabilônico foi fundado por Nabopolasar e teve a sua idade de ouro nos dias do rei Nabucodonosor II. Mas, caiu nas mãos dos medos-persas no ano 539 a.C.

Na mesma época do Império Babilônico, surgiu o Império Aquemênida, também chamado Primeiro Império Persa, resultante da unificação de diferentes tribos no atual Irã. Fixaram-se na região que fazia fronteira a leste com o rio Tigre, e, ao sul, com o golfo Pérsico. A partir desta região, foi que Ciro II, o Grande, partiu para derrotar os Impérios Medo, Lídio e Babilônico, abrindo o caminho para as conquistas posteriores do Egito e Ásia Menor, também chamada Anatólia.

O Império Medo não desapareceu com a derrota de seu rei Astíages. Ciro o tomou como conselheiro, porquanto julgava ser seu descendente. Assim, o Império Aquemênida, ficou conhecido como Medo-Persa e veio a ser o segundo reino descrito na visão de Daniel.

Duzentos anos antes lê-se em Isaias 44:28: "Que digo de Ciro: É meu pastor, e cumprirá tudo o que me apraz, dizendo também a Jerusalém: Tu serás edificada; e ao templo: Seus alicerces serão lançados ".

Ciro libertou os judeus que eram cativos na Babilônia, permitindo seu retorno a Jerusalém e a reconstrução do Templo, destruído pelos babilônios em 607 a.C.

Também destinou fundos do próprio tesouro para a reconstrução. Mais tarde, já sob o reinado de Dario I, adversários dos judeus contestaram tal ordem. Mas, foi encontrado o decreto original de Ciro na cidade de Ecbátana, capital da Média, e as obras prosseguiram.

Então, em 455 a.C., o rei Artaxerxes I permitiu seu copeiro Neemias voltar a Jerusalém e liderar a reconstrução de suas muralhas. Este também cuidou da segurança e administração da cidade, bem como da restauração das atividades do Templo.

Como efeito do cativeiro, o hebraico foi esquecido e substituído pelo aramaico. Também surgiram as sinagogas, em substituição ao Templo. Portanto, o fim do cativeiro não significou que todos os judeus retornaram a Jerusalém, pois em muitos lugares constituíram famílias e negócios, perdendo o vínculo com a terra de seus ancestrais.

O terceiro império da visão de Daniel foi o grego cujo apogeu se deu nas mãos de Alexandre III, da Macedônia.

Quando Alexandre III, o grande, morreu no ano de 323 a.C. com apenas 33 anos, tinha reinado por apenas 12 anos e seu reino se estendia do sudeste da Europa até a Índia.

Um de seus generais, Antígono Monoftalmo, declarou-se sucessor, objetivando manter a unidade do império. Contudo, outros generais: Cassandro, Lisímaco, Seleuco e Ptolomeu queriam dividir o império entre eles, desencadeando a chamada Guerra dos Diádocos.

A Batalha de Ipso, travada na atual Turquia, em 301 a.C., entre os generais rivais, resultou na dissolução irrevogável do império.

Antígono foi morto e seu filho Demétrio fugiu. Um século depois apenas dois reinos mantinham seu poder.

O Ptolomaico sediado no Egito e o Selêucida na Síria. A Judeia estava na fronteira de ambos e ficou sob domínio do primeiro até a Batalha de Banias em 198 a.C.

Por essa época, o poder romano ainda era indireto e Roma dependia, em grande parte, de suas alianças com potências locais para fazer valer seu poder. Mas, logo viria a ser o quarto reino da visão de Daniel.

O Tratado de Apameia, de 188 a.C., foi um tratado de paz firmado entre a República Romana e o Império Selêucida de Antíoco III, resultado direto das vitórias romanas em Termópilas e Magnésia, e das vitórias navais romanas e rodeenses sobre a marinha selêucida.

A assimilação da cultura grega, a helenização, foi quase natural nos assentamentos judaicos fora da palestina. Mas, sobretudo em Jerusalém, encontrou resistência na sociedade judaica. Em certo sentido havia duas correntes: os nacionalistas e os helenistas. O Império Selêucida, liderado por Antíoco III, manteve as práticas de tolerância cultural e religiosa. Foi com seu filho, Antíoco IV Epifânio que a situação mudou.

Ao retornar de uma campanha no Egito, em 168 a.C., atacou Jerusalém matando milhares de pessoas, profanando o Segundo Templo ao construir um altar de adoração ao deus grego Zeus e sacrificar porcos dentro de seus muros sagrados, proibindo a prática do judaísmo na Judeia.

Matatias era da casa sacerdotal dos Asmoneus, filho de Judas Macabeu. Usando de táticas de guerrilha, juntamente com seus filhos, pelejou por três anos contra o exército selêucida. Com a morte de Antíoco IV Epifânio, os Macabeus ocuparam Jerusalém e realizaram a limpeza ritualística do Segundo Templo, restabelecendo o judaísmo tradicional como a religião da Judeia.

As lutas continuaram até 162 a.C. época que Antíoco V concedeu perdão total aos rebeldes e liberdade religiosa. O seu sucessor, Demétrio I, indicou como Sumo Sacerdote Alkimus, sendo reconhecido como da linhagem de Aarão, embora não aceito por Judas Macabeu.

Alkimus morreu em 160 a.C. e o cargo ficou vago até que em 152 a.C. Jonatas, sucessor de Judas, líder dos judeus nacionalistas, foi indicado sumo Sacerdote por Alexandre Balas, rei selêucida que tomou o lugar de Demétrio I.

Simão sucedeu a seu irmão Jonatas em 142 a.C. e ganhou de Demétrio II a isenção de impostos e, assim, os judeus declararam-se independentes. Simão foi confirmado como Sumo Sacerdote perpétuo, chefe do exército e governador dos judeus. Assim, a Casa dos Asmoneus, agora, tinha o total controle político e religioso.

Em 134 a.C. Simão, o último dos Macabeus, foi assassinado por seu genro. O filho, João Hircano, assumiu o sumo sacerdócio e expandiu seus domínios. Conquistou Samaria, destruindo o templo existente no Monte Gerizim. Também conquistou a Idumeia, forçando os habitantes à conversão ao judaísmo.

João Hircano foi sucedido por Aristóbulo I que faleceu no ano seguinte. Seu irmão, Alexandre Janeu, casou-se com a viúva de seu irmão, Salomé Alexandra, irritando os Fariseus. E não somente por isso, mas por intitular-se rei e negligenciar o sacerdócio, buscando engrandecer-se por meio das guerras. De fato, durante seus 37 anos de reinado, sua política de anexação de territórios levou as fronteiras a um ponto que o país nunca mais tivera desde que fora destruído por Nabucodonosor em 586 a.C.

Um incidente durante os rituais resultou em uma guerra civil que durou seis anos. Vitorioso, mandou crucificar oitocentos revoltosos.

Com sua morte, a esposa, Salomé Alexandra, assumiu o trono e seu filho João Hircano II, o sumo sacerdócio. Mas este era um homem sem ambições e mais chegado à ociosidade. Isso abriu espaço para uma maior influência dos Fariseus. De fato, é nesse tempo que surge o Grande Sinédrio, que recebeu poder para julgar delitos contra a lei judaica.

Favorecido pela Rainha, os Fariseus tornaram-se poderosos. Mas, Salomé Alexandra não era ingênua nesta atribuição de poder.

Reforçou a estrutura do exército com novos mercenários e entregou a defesa das fronteiras do país nas mãos de seu outro filho, Aristóbulo II, mais jovem que Hircano II, ambicioso, ousado, empreendedor. Comandava várias fortalezas, assessorado por oficiais Saduceus.

Com a morte da mãe, aos 73 anos, Aristóbulo reuniu um exército e marchou para Jericó. Parte das tropas de Hircano desertaram para seu lado e, assim, tomou o poder, como rei e sumo sacerdote.

Hircano II, exilado na Idumeia, foi induzido pelo governador Antípatro, antes chamado Antipas, a buscar ajuda com seu sogro, governante árabe Aretas III, do reino Nabateu, em troca de doze cidades que Alexandre Janeu havia tomado dos árabes: Medaba, *Naballo*, *Livias*, *Tharabasa*, *Agalla*, *Athone*, *Zoara*, *Orouae*, *Marisa*, *Rydda*, *Lusa* e *Oryba*.

Aretas, em 65 a.C., reuniu cinquenta mil homens e atacou Aristóbulo II que se refugiou em Jerusalém. Aretas o cercou no templo, com o povo ao lado de Hircano II. O cerco se prolongou e, nesse meio tempo, o enviado de Pompeu, Marco Emílio Escauro, o jovem, que estava em Damasco, recebeu embaixadores de ambos os irmãos, bem como suborno, de cada um deles. Mas Escauro preferiu apoiar o pleito de Aristóbulo.

Escauro ameaçou fazer de Aretas III inimigo de Roma, forçando-o a levantar o cerco. Aproveitando sua retirada, Aristóbulo o atacou, matando cerca de sete mil homens, dentre eles o irmão de Antípatro.

Quando Pompeu chegou à Damasco, 63 a.C., os irmãos apresentaram seu caso. Este disse que deviam aguardar sua chegada à Jerusalém para decidir a questão.

Aristóbulo II deixou Damasco e se preparou para a invasão romana. Encastelou-se na fortaleza de Alexândrio, perto da fronteira com Samaria. O próprio Pompeu liderou o cerco e ele se entregou. Assim, ordenou-lhe que entregasse as fortalezas e escrevesse de próprio punho aos governadores, a fim de que não criassem dificuldades. Ele o fez, mas se retirou para Jerusalém, a fim de poder resistir.

Pompeu marchou para Jerusalém e, com a ajuda de Hircano, entrou na parte alta da cidade e, após alguns meses de ferrenha luta, derrotou os partidários de Aristóbulo.

Hircano obteve o sumo sacerdócio, mas perdeu o título real até que, dezenove anos mais tarde, Roma reconheceu-o com líder de uma etnia, nomeando-o etnarca da Judeia.

O período de independência acabara-se. Samaria e a Idumeia foram libertadas, assim como as cidades costeiras. A Judeia perdeu seu acesso ao mar e foi incorporada à Província da Síria.

Pompeu deixou a Escauro o governo da Baixa Síria até o Eufrates e as fronteiras do Egito, dirigiu-se para a Cilícia com duas legiões e de lá para Roma, levando consigo Aristóbulo como prisioneiro, seus dois filhos e as duas filhas. O mais velho, Alexandre, conseguiu fugir enquanto o outro, Antígono, chegou a Roma com as suas irmãs.

Em 60 a.C., Júlio César, Crasso e Pompeu uniram forças e formaram o Primeiro Triunvirato. Essa aliança, mesmo que informal, representou uma tentativa de agir contra os senadores, que se opunham à participação militar na administração romana. Com o apoio de Crasso e Pompeu, Júlio César foi eleito cônsul e colocou em pauta no Senado projetos de interesse dos outros dois. Para conseguir a adesão de Pompeu, Júlio César ofereceu sua filha única, Júlia, para que se casasse com o general. Essa oferta selou a entrada de Pompeu no Triunvirato.

As coisas começaram a desandar quando em 54 a.C. Júlia morre, enfraquecendo a aliança entre Pompeu e Júlio Cesar. A essa altura, Pompeu e Crasso já eram cônsules e, tendo Crasso assegurado fundos e legiões para a campanha persa, foi morto pelos partos na Batalha de Carras em 53 a.C.

Em 50 a.C., após a conquista da Gália, Júlio César e suas tropas chegam à Roma. Antes mesmo de entrar na cidade, César sabia que ele e Pompeu não eram mais aliados: o Senado, reduto de seus inimigos, havia nomeado Pompeu como único cônsul e com plenos poderes. César encontrou a cidade imersa no caos. Ele restabeleceu a ordem, o que lhe deu ainda maior popularidade. Pompeu, com seu exército, fugiu para a Grécia.

No tempo em que Júlio Cesar e Pompeu se enfrentaram no Egito, Antípatro veio ao socorro de Júlio Cesar, que estava sitiado em Alexandria. Logo, Júlio Cesar lhe concedeu cidadania romana e liberou-o do pagamento de impostos. Mais tarde, o nomeou primeiro procurador romano na Judeia.

As ações de Antípatro culminaram com fim do domínio judeu sobre a Idumeia. Mas sua influência sobre a Judeia ainda seria maior, pois Hircano II era um governante fraco e confiou a ele a administração. Então nomeou Fasael governador da Judeia e Herodes – que receberia o epiteto de o Grande, governador da Galileia.

Herodes tinha cerca de vinte e cinco anos, mas sua coragem e inteligência estava acima da idade. Um de suas primeiras ações foi organizar a captura de um bando de salteadores liderados por um certo Ezequias, que atormentavam a região da Galileia até a Síria, executando-os. Tal ação foi louvada pelos sírios e logo Herodes estabeleceu amizade com Sexto Júlio César, governador da Síria e parente de Júlio César, nomeado em 47 a.C.

Fasael, administrou Jerusalém de forma justa e agradável, recebendo o afeto do povo. De tal forma que ambos os filhos glorificavam o pai, que, independentemente de honras, era fiel a Hircano II, do qual recebia gratificações além das rendas da Judeia.

A elite judaica não via com bons olhos tamanho poder e não se cansavam de minar a confiança de Hircano no seu ministro, bem como insuflá-lo contra Herodes que condenara a morte os salteadores sem julgamento, contrariando a lei.

De tal forma que Hircano se viu obrigado a convocá-lo para dar explicações ao Sinédrio, embora tivesse muita estima por ele. Tal atitude não passou desapercebido por Sexto César, que o ameaçou, caso Herodes não fosse absolvido.

O julgamento caminhava para a condenação de Herodes, quando Hircano adiou para o dia seguinte, incentivando-o a fugir para a Síria. Mediante pagamento, Sexto César nomeou Herodes governador da Baixa Síria.

No dia 15 de março de 44 a.C., Júlio César foi assassinado com 23 facadas, nas escadarias do Senado, por um grupo de 60 senadores, liderados por Marcus Julius Brutus, seu filho adotivo, e Caio Cássio Longino. Que se proclamavam libertadores.

Dias depois, o cônsul Marco Antônio, representando os partidários do falecido ditador, se apresentou perante o Senado Romano acenando com paz e promessas de reconciliação. Permitiu que Caio Trebônio assumisse o governo da Ásia, Tílio Cimber, a Bitínia e Décimo Júnio Bruto Albino, a Gália Cisalpina. Púbio Cornélio Dolabela assumiria o governo da Síria e o próprio Marco Antônio, a Macedônia. As províncias de Ilírico, África couberam a Púbio Vatínio e Tito Sêxtio. Lúcio Estaio Murco e Quinto Márcio Crispo foram enviados em 45 a.C. para Apameia, a fim de iniciarem o cerco.

Nada coube a Caio Cássio Longino, que ainda no cargo de Pretor, fugiu para a zona rural. Mas, em junho, o Senado o nomeou para a província de Cirene a fim de dar-lhe a oportunidade de deixar a Itália. Ele não só recusou o cargo como partiu para a Síria, na esperança de assumir seu controle, antes da chegada de Dolabela. Sua reputação no Oriente tornou fácil a formação de um exército junto a outros governantes da região e em 43 a.C. ele estava pronto para enfrentar Dolabela com doze legiões.

Longino veio à Síria tomar o comando das tropas que estavam sitiando Apaméia, na tentativa de capturar o general Quinto Cecílio Basso, que assassinara Sexto César e assumira o governo da província.

Herodes tomou partido de Longino e ajudou na arrecadação de tributo, recebendo deste o comando de suas tropas e navios, além da confirmação como governador da Baixa Síria com a promessa de fazê-lo rei, ao término da guerra.

Nesse interim, em 43 a.C., Antípatro é envenenado por um camareiro de Hircano, a mando de uma aristocrata chamado Malico, que não aceitava o grande poder deste.

Tudo isso acontecia às margens de Roma. Nos dois anos seguintes ao assassinato de Júlio César, instaurou-se uma guerra entre seus generais que resultou na formação do Segundo Triunvirato.

Quando Marco Antônio estava em Antioquia, no tempo em que já estava enamorado de Cleópatra - Rainha do Egito, cem príncipes judeus foram acusar Herodes e Fasael de usurparem, à força, a autoridade de Hircano II. Mas, o próprio Hircano consentiu que eles eram melhores governantes. Assim, os irmãos foram alçados à condição de Tetrarcas.

Mais uma vez, em Tiro, mil embaixadores foram enviados para renovarem os protestos contra Herodes e Fasael. Marco Antônio irritou-se e mandou que os magistrados prendessem e matassem a quem destes pudessem capturar.

Antígono, sobrinho de Hircano II, prometeu aos partos mil talentos e quinhentas mulheres se eles tirassem o reino de Hircano e o entregasse, bem como mandassem matar Herodes e seus partidários. Eles marcharam então para a Judeia. Pacoro avançou ao longo do mar, e Barzafarnés, chefe dos Partos, por terra. Os tírios recusaram-se a receber Pacoro, mas os Fenincios e os de Tolemaida abriram-lhe as portas.

Sitiaram Jerusalém com Fasael e Herodes no palácio real. Os dois irmãos os atacaram no grande mercado, repelindo-os, obrigando-os a se refugiarem no Templo. Então puseram soldados nas casas que estavam próximas. Mas, o povo sitiou-os lá, incendiou as casas e queimou os que as defendiam. Herodes não demorou muito para se vingar, atacando e matando um grande número deles.

Antígono e seus partidários esperavam com impaciência a Festa de Pentecostes, que estava próxima, porque uma grande multidão viria de todas as partes para celebrá-la. O povo começou a chegar, alguns armados. Encheram o Templo e toda a cidade, exceto o palácio, do qual Herodes guardava o interior com poucos soldados, enquanto Fasael guardava o exterior. Herodes atacou os inimigos que estavam nos arrabaldes e, depois de um árduo combate, pôs em fuga a maior parte, muitos dos quais se retiraram para a cidade, outros para o Templo e outros ainda para trás das defesas que estavam próximas.

O enviado de Pacoro convenceu Hircano e Fazel a irem à Galileia em busca de Barzafarnés, com promessa de negociações de paz. Mas, tratava-se de uma armadilha.

Herodes, avisado, fugiu de Jerusalém com seus familiares, incluindo sua mãe e Mariana, filha de Alexandre, sobrinha de Antígono, a quem desposara. Não estava longe de Jerusalém quando judeus o atacaram. O combate foi longo, mas Herodes obteve ainda a vitória. Mais tarde viria a construir naquele mesmo lugar um soberbo palácio e um castelo fortificado a que deu o seu nome, chamando-o de Heródio.

Já na Idumeia encontrou-se com José, seu irmão. Porque Massada não era bastante grande para alojá-los. Herodes mandou muitos para a Idumeia, com víveres e deixou seus parentes em Massada, com as pessoas necessárias para servi-los e oitocentos soldados providos de tudo o de que viessem a precisar, para sustentar um cerco; tomou, em seguida, o caminho de Petra, capital da Arábia.

Os partos saquearam Jerusalém e fizeram Antígono rei, entregando-lhe Hircano e Fasael, acorrentados. Ele mandou cortar as orelhas de Hircano, a fim de que, tornando-o incapaz de exercer o sumo sacerdócio. Fasael se matou, batendo a cabeça contra uma pedra.

Herodes foi para a Arábia onde esperava reaver o dinheiro que seu pai, Antípatro, havia confiado e com ele persuadir os Partos. Mas foi repelido pelo rei, dizendo-se obrigado pelos partos. Então marchou para o Egito e em Alexandria foi recebido por Cleópatra com todas as honras, a fim de que ele liderasse seu exército. Mas, desculpando-se, partiu para Roma.

Assim, embarcou, tomou o rumo da Panfília e depois de ter sido acossado por uma terrível tempestade, chegou a Rodes. Lá foi recebido por seus amigos Sapinas e Ptolomeu e, embora ele tivesse falta de dinheiro, lhe concederam uma grande Galera, na qual embarcou com os amigos. Em Roma, foi recebido por Marco Antônio a quem contou todas as suas desgraças. Disse-lhe que fora obrigado a deixar as pessoas que lhe eram mais caras num castelo onde estavam cercados, e o rigor do inverno e os perigos do mar não puderam impedi-lo de embarcar, para vir pedir-lhe auxílio.

Marco Antônio considerava Antígono um sedicioso, inimigo dos romanos. Então, resolveu constituir **Herodes rei dos judeus**.

Assim, mandou reunir o Senado, em que Messala e ele falaram na presença de Herodes, dos serviços prestados, com tanto afeto ao povo romano por Antípatro, seu pai e por ele, e que Antígono, ao contrário, não somente fora sempre um inimigo declarado deles, mas tinha demonstrado tal desprezo pelos romanos, que recebera a coroa das mãos dos partos. Esse discurso irritou o Senado contra Antígono, e Antônio acrescentou que, na guerra que se travaria contra os partos, seria sem dúvida muito vantajoso constituir Herodes rei da Judeia. Todos aceitaram essa proposta e, ao sair do Senado, Antônio e Augusto puseram Herodes no meio deles; os cônsules e os outros magistrados caminhavam diante deles, e foram oferecer sacrifícios, e puseram no Capitólio o decreto do Senado.

Enquanto isso, em Massada, uma grande chuva encheu as cisternas e, assim, puderam resistir ao cerco. Em muitas ocasiões faziam arremetidas contra os que os sitiavam e matavam alguns homens.

Nesse mesmo tempo, o general Ventídio Basso, mandado com um exército romano para expulsar os partos da Síria, entrou na Judeia com o pretexto de ajudar a José, mas, na verdade, para obter dinheiro de Antígono.

Enriquecido, retirou-se com a maior parte de seu exército para ir acalmar a agitação que surgira em algumas cidades, pelas incursões dos partos, deixando com Silom algumas tropas, não querendo levá-las todas.

Herodes desembarcou em Tolemaida, onde reuniu grande quantidade de tropas, de sua nação e mercenários contratados, tornando-se ainda mais forte com a ajuda de Silom e Ventídio, ao qual Géllio, mandado por Antônio, persuadiu que o pusesse de posse do reino.

Antes de levantar o cerco de Massada, para libertar seus parentes, era preciso tomar Jope, e então marchar para Jerusalém. Silom tomou essa ocasião para se retirar, e os judeus, do partido de Antígono, perseguiram-no.

Herodes, embora tivesse poucos soldados, derrotou-os e salvou Silom, que já não lhe podia negar apoio. Ele tomou, em seguida, Jope avançou rapidamente para Massada.

Depois de libertar Massada, tomou o castelo de Ressa e marchou para Jerusalém, seguido pelas tropas de Silom.

Herodes fez a cidade saber por um arauto, que tinha vindo somente para cuidar do seu bem e que esqueceria as ofensas que seus maiores inimigos lhe haviam feito, não excetuando a ninguém daquela anistia.

Silom, que havia sido subornado, fez que vários dos seus soldados começassem a clamar que lhes dessem víveres, dinheiro, e quartéis de inverno, porque Antígono tinha feito estragos pelos campos. Silom queria mesmo era retirar-se, e para isso exortava os demais.

Herodes rogou, não somente aos oficiais das tropas romanas, mas aos soldados, que não o deixassem daquele modo, lembrando que foram enviados por Antônio, por Augusto e pelo Senado para ajudá-lo e que só lhes pedia um dia, para providenciar os víveres, que nada mais lhes haveria de faltar. Essa promessa foi cumprida. Ele mesmo providenciou, mandando vir grande abundância do necessário e assim tirou de Silom o pretexto de sua queixa. Mandou também aos de Samaria, que se haviam posto sob sua proteção, que trouxessem trigo, vinho, óleo e gado a Jerusalém.

Herodes tomou cinco coortes dos romanos, cinco de judeus, alguns soldados estrangeiros, uma parte da cavalaria e foi a Jericó e encontrou a cidade abandonada repleta de toda espécie de bens e a saquearam. Herodes deixou lá uma guarnição e deu quartéis de inverno às tropas romanas na Idumeia, na Galileia e em Samaria.

Herodes mandou José, seu irmão, à Judeia, com quatrocentos cavaleiros e dois mil soldados de infantaria, depois foi à Samaria, onde deixou sua mãe e os parentes que tinha retirado de Massada. Passou depois à Galileia, para tomar algumas praças, onde Antígono tinha estabelecido guarnições, e chegou a Séforis durante uma forte nevada. Os que a defendiam para Antígono fugiram, e ele encontrou tanta quantidade de víveres, que suas tropas tiveram oportunidade de se refazer e descansar depois de tão longa caminhada.

Pacoro, filho do Rei Orodes II da Pártia, finalmente foi morto em 38 a.C. numa batalha contra os romanos. Assim, Ventídio pode mandar Maquera ao rei Herodes, com duas legiões e mil cavaleiros, cumprindo a ordem de Marco Antônio.

Maquera deixou com José, irmão de Herodes, cinco companhias para a colheita do trigo. Mas José marchou com eles para Jericó e acampou nas montanhas. Muito exposto, os inimigos atacaram, sendo ele morto e toda cavalaria romana, porque tinha sido recém organizada, trazida da Síria, integrada por soldados jovens de pouca experiência.

Marco Antônio, voltando ao Egito, depois da tomada de Samosata, constituiu Caio Sósio, governador da Síria, com ordem expressa de ajudar Herodes contra Antígono. Sósio, mandou na frente duas legiões para a Judeia e seguiu depois com o restante das tropas.

Com as legiões romanas, Herodes entrou em Samaria e tomou de assalto cinco cidades, matou dois mil homens dos que as defendiam e incendiou-as. O número dos mortos foi tão grande, que os montes de seus corpos atravancavam as estradas aos vitoriosos.

Depois que cessou uma tempestade, marchou para Jerusalém, acampou perto da cidade e a sitiou, três anos depois de ter sido declarado rei em Roma. Ele escolheu o lugar que julgou mais próprio para atacá-la e estabeleceu seu quartel diante do Templo, como já outrora Pompeu havia feito. Distribuiu o trabalho às tropas, dividiu entre elas os arrabaldes, ordenou que levantassem três plataformas e construíssem torres sobre elas; depois de ter dado ordens aos que julgava mais aptos, foi para Samaria, a fim de desposar Mariana.

Ao seu regresso, trouxe novas tropas, reforçando-as ainda mais com soldados de infantaria e de cavalaria que Sósio lhe enviara, a maior parte delas, pelo meio do país, enquanto ele tinha vindo pela Fenícia. Todas estas tropas perfizeram um total de onze legiões e seis mil cavaleiros, além das tropas auxiliares da Síria, cujo número era considerável.

Embora atacados por dois poderosos exércitos, eles sustentaram o cerco durante cinco meses. Por fim, os mais valentes de Herodes entraram por uma brecha na cidade, e os romanos entraram também do outro lado. Ocuparam primeiro o em torno do Templo, espalharam-se em seguida por todos os lados, com os romanos havidos por vingança pelas agruras suportadas durante o cerco. Os judeus, afeiçoados a

Herodes, investiram contra os que tinham abraçado o partido de Antígono.

Assim, matavam-nos nas ruas, nas casas e mesmo quando se refugiavam no Templo; não se perdoavam nem aos velhos, nem aos moços; a fraqueza do sexo não causava compaixão pelas mulheres; embora Herodes lhes ordenasse que as poupassem e juntasse aos rogos, suas ordens, não era obedecido, porque o furor os fizera perder todo sentimento de humanidade.

Herodes fez todo o possível para impedir o saque da cidade, dizendo firmemente a Sósio que, se os romanos queriam saqueá-la e privá-la de habitantes, ele seria apenas rei de um deserto e declarava-lhe que não queria comprar o império do mundo ao preço do sangue de um tão grande número de súditos. Sósio então respondeu-lhe que não podia recusar aos soldados o saque de uma praça que eles haviam tomado.

Herodes, prometeu recompensá-los com bens de sua propriedade. Assim, ele assegurou a vida da cidade e realizou sua promessa, quer com relação aos soldados, quer aos oficiais e particularmente a Sósio, ao qual deu presentes dignos de um rei. Este levou cativo Antígono à Roma, onde, algum tempo depois, foi decapitado em Antioquia.

Quanto a Hircano, este havia sido levado cativo para a Babilônia, onde havia muitos judeus que o reverenciavam como sumo sacerdote e rei. No entanto, com a proclamação de Herodes como rei, era desejoso de voltar à Judeia.

Herodes enviou Saramala como embaixador à Fraate, rei dos Partos, para que libertasse a Hircano II, tendo oferecido para isso inúmeros presentes.

O Sinédrio foi relegado a lidar apenas com questões religiosas. Herodes contava com apoio dos fariseus, que davam pouca importância às questões de linhagem. Os regentes asmoneus acumulavam os títulos simultâneos de rei e sumo sacerdote. Herodes não era de linhagem levita. Assim, indicou Ananel ao sumo sacerdócio, a quem ele havia mandado buscar na Babilônia de uma obscura família de sacerdotes.

No entanto, a escolha não agradou a elite asmoneia, que preferiam Aristóbulo III, neto de Hircano II e irmão de Mariana, mulher de Herodes. A mãe dela, Alexandra, apelou a Cleópatra, rainha do Egito, que rogasse a Marco Antônio o sumo sacerdócio para o filho.

Herodes, em 36 a.C. destituiu Ananel e nomeou Aristóbulo III, com apenas 17 anos. Era um potencial aspirante ao trono. Então, um ano depois, tratou de mandar afogá-lo, num acidente que pareceria brincadeira de bêbados numa piscina. Assim, o sumo sacerdócio voltou para Ananel.

Marco Antônio tinha tal paixão por Cleópatra, que nada lhe podia recusar. Ela caluniava Herodes perante Antônio, a fim de apoderar-se da Judeia. Ele lhe concedeu a província de Gaza, cortando o acesso da Judeia ao Mediterrâneo, assim como Jericó.

Cleópatra nasceu por volta de 69 a.C. filha do faraó Ptolomeu XII da dinastia ptolomaica, introduzida no Egito com a conquista de Alexandre, o Grande, que liderou tropas macedônias e gregas numa batalha que libertou os egípcios do domínio persa em 323 a.C.

Alexandria passou a ser a capital do Egito. A capital da cultura helenística, da grande biblioteca e da palavra grega. Onde a nova cultura meio que se misturara com a antiga tradição religiosa egípcia. Contudo, era um país pobre e dividido, cuja elite dominante não falava egípcio e o título de faraó não era merecido.

Em 205 a.C., Ptolomeu IV se viu diante de uma grande revolta popular e perdeu o controle de boa parte do Alto Egito para o líder rebelde que adotou o nome de Faraó Hugronaphor, que governou até 197 a.C. Seu sucessor, Ankhmakis, chegou a dominar 80% do Egito, até ser derrotado por Ptolomeu V em 185 a.C. e o reino ser novamente unificado.

Após a derrota de Ankhmakis, Ptolomeu V foi coroado faraó de todo o Egito e, em sua homenagem, sacerdotes mandaram esculpir a Pedra de Roseta, encontrada em 1799 pelo soldado Pierre-François Buchard durante a campanha napoleônica no Egito, quando esta era usada como material de construção do Forte Julien na cidade de Rashid. A pedra possuía inscrições em grego e egípcio antigos - este tanto em hieróglifos quanto em escrita demótica - de um decreto que estabelecia o culto a Ptolomeu V.

Quando o pai de Cleópatra morreu, as mulheres não podiam governar sem ter um homem ao lado. Então, seguindo as tradições, Cleópatra, então com 18 anos, casou-se com seu irmão Ptolomeu XIII, de dez anos, para que reinassem juntos.

Anos depois, o irmão conspirou para tirá-la do poder e ela fugiu para Síria, dando início a uma guerra civil pelo comando do Egito.

Na época em que Júlio César e Pompeu lutavam pelo poder, as disputas acabaram se misturando. Quase derrotado, Pompeu foi ao Egito em busca do apoio de Ptolomeu XIII, mas este fora aconselhado a não se aliar a Pompeu, terminando por matá-lo para agradar a Júlio César.

Júlio César ficou furioso ao saber do assassinato do rival e foi até o Egito para promover uma trégua entre Cleópatra e Ptolomeu XIII. Este não havia desistido de comandar o Egito e fez uma nova tentativa de lutar contra o general romano enquanto este ainda estava em Alexandria. Foi derrotado e morto durante a chamada Batalha do Nilo, aparentemente afogado sob o peso da própria armadura.

Cleópatra era muito inteligente e instruída, educada por sacerdotes de Ísis em Mênfis. Escreveu tratados de alquimia e lhe interessava a medicina, matemática, filosofia e poesia. Falava grego, latim, etíope, árabe, sírio, parto, hebreu e egípcio. Apresentava-se como a encarnação viva da deusa Ísis e consolidou sua popularidade no Egito falando e se vestindo como uma egípcia enquanto cumpria suas obrigações oficiais, voltando ao grego no ambiente privado.

Cleópatra e Júlio César se apaixonaram e viveram nove meses juntos em Alexandria, época em que ela engravidou do general romano - Cesarião nasceria em julho de 47 a.C., mas não seria assumido publicamente pelo pai.

Cleópatra foi com Júlio César para Roma, mas quando este foi assassinado, retornou ao Egito, onde matou seu irmão mais novo, Ptolomeu XIV, para governar o país ao lado do filho, Cesarião – chamado Ptolomeu XV.

A morte de Júlio César desencadeou uma nova disputa pelo comando do Império Romano. Em especial, entre o general Marco Antônio e o filho adotado de Júlio César, seu sobrinho, Caio Otávio – chamado mais tarde Augusto.

Cleópatra, então, formou uma aliança política e amorosa com Marco Antônio e ao longo de onze anos, eles tiveram três filhos.

Quando foi declarada a guerra entre Augusto e Antônio, Herodes resolveu levar auxílio a Antônio. Mas Cleópatra, temendo que uma ação dele aumentasse o conceito de Antônio por ele, persuadiu Antônio a fazer guerra aos árabes, com o fim de aproveitar-se de suas conquistas, se ele fosse vitorioso, e de obter o reino da Judeia, se ele fosse vencido.

Herodes, depois de alguns percalços, saiu-se vencedor. Entretanto, a vitória obtida por Augusto em Áccio o fez temer por causa da sua amizade com Marco Antônio. Então, em 30 a.C., antes de partir para a ilha de Rhodes para declarar lealdade a Augusto, acusou Hircano II de traição e mandou matá-lo, para que não aproveitasse sua ausência.

Augusto reconheceu que a fidelidade aos amigos lhe era útil e que ele era digno de reinar. Então confirmou-o com rei da Judeia.

Quando Augusto passou da Síria ao Egito, Herodes o recebeu em Tolemaida. Não foi somente com suntuosos banquetes que Herodes lhe manifestou, e aos seus amigos, que ele tinha realmente uma alma de rei. Mandou dar ao seu exército, quando este foi a Pelusa, víveres em abundância e o proveu, ao seu regresso, nos lugares secos e áridos, não somente de água, mas de tudo o de que ele poderia necessitar. Dessa maneira, granjeou-lhe tal reputação de generosidade no espírito de Augusto e de todos os seus soldados, que eles diziam que o reino da Judeia não era bastante grande para tão grande príncipe. Dessa forma, depois da morte de Cleópatra e de Antônio, Augusto foi ao Egito e deu-lhe quatrocentos gauleses, que antes serviam de guarda à princesa, acrescentou novas honras às que já lhe havia concedido, cedeu-lhe a parte da Judeia que Antônio tinha dado a Cleópatra, como também as cidades de Gadara, Hipom, Samaria, e, à beira-mar, Gaza, Antedom, Jope e a Torre de Estratão. A liberalidade de Augusto não se limitou a isso. Para mostrar-lhe até que ponto ia a sua estima pelo mérito desse príncipe, deu-lhe também a Traconitide e a Batanéia, acrescentando ainda a Auranita.

Os anos seguintes foram de relativa paz e Herodes construiu e restaurou muitas cidades. No vigésimo oitavo ano de seu reinado, quis celebrar com toda a suntuosidade possível e imaginável. Mandou vir de todas as partes todos os que tinham fama de excelentes músicos, lutadores, corredores ... Reuniu muitos gladiadores, animais selvagens, cavalos velozes e todo tipo de espetáculo que fosse apreciado pelos romanos e por outras nações. Consagrou todos esses jogos em honra de Augusto e ordenou que fossem repetidos cada cinco anos.

A imperatriz Lívia Drusila contribuiu para essa soberba festividade, em que Herodes não havia poupado despesa alguma. Mandou-lhe de Roma muitas coisas preciosas, cujo valor chegava a quinhentos talentos. Uma multidão correu de todas as partes para ver tão grandiosa festa, vieram embaixadores de diversas nações, convidados por Herodes. Ele recebeu-os, alojou-os e os tratou com grande fidalguia. Dava-lhes todos os dias novos divertimentos e, quando a noite caía, reunia-os em grandes banquetes, dos quais eles não se cansavam de admirar a magnificência.

Mas as despesas foram muitas e Herodes se viu sem recursos. Então, mandou abrir o sepulcro de Davi à noite e lá achou muitos vasos de ouro e outras preciosas dádivas que ali haviam sido colocadas. Mandou levar tudo e até mesmo o ataúde onde estava o corpo de Davi e o de Salomão foram profanados. Depois mandou construir à entrada do sepulcro um soberbo monumento de mármore branco.

A aparente felicidade do reino escondia as intrigas familiares. Cada membro nutria suas próprias ambições, promovendo intrigas e pondo o rei contra seus próprios filhos, em especial o filho Antípatro II, um dissimulado, que era o preferido e já governava junto com o pai. Herodes já não confiava em ninguém, assim, já não se escutavam as justificativas dos acusados, não se procurava esclarecer a verdade. O suplício precedia o julgamento, e a prisão de uns, a morte de outros e o desespero daqueles que não esperavam melhor tratamento enchiam o palácio de tal temor que não restava sequer um pequeno indício da felicidade passada. O próprio Herodes, em meio a tão grande perturbação, enfadara-se da vida. O temor contínuo pela sua vida e o desprazer de não poder confiar em ninguém o mantinham em cruel e incessante tormento.

Em 29 a.C. matou Mariana, acusando-a de adultério. No ano seguinte executou a mãe dela, Alexandra, por sedição. E, por fim, depois de muitas intrigas, terminou por mandar estrangular os filhos Alexandre e Aristóbulo IV em 7 a.C.

Afirmava-se que Augusto dissera muitas vezes que a sua alma estava tão acima de sua coroa que ele teria merecido reinar sobre toda a Síria e todo o Egito. Contudo, era melhor ser porco de Herodes do que filho seu.

Herodes teve nove mulheres, Doris mãe de Antípatro II (46-4a.C.), o primogênito. A segunda, Mariana, mãe de Aristóbulo IV (31-7a.C.), Alexandre (35-7a.C.) e duas filhas, Cipros e Salampsio. Esta casou-se com Fasael, filho de Fasael, irmão de Herodes. A terceira, Mariana II, filha do sacerdote Simão Boeto de Alexandria, era mãe de Herodes Boeto e Salomé. A quarta era sua prima-irmã e não tivera filhos. A quinta era samaritana, Maltace, mãe de Arquelau, Herodes Antipas e Olímpia. A sexta, chamada Cleópatra, uma hierosolimita de Jerusalém, dela tivera dois filhos, Herodes e Herodes Filipe II (22 a.C.–34 d.C.). A sétima chamava-se Pallas, mãe de Fasael. A oitava chamava-se Fedra e dela tivera uma filha de nome Roxana. A nona chamava-se Elpidia, da qual tivera uma filha chamada Salomé.

A essa altura Herodes descontentara tanto Saduceus como Fariseus e temendo revoltas, fortificou várias cidades. Além das duas fortalezas que havia em Jerusalém, uma no palácio real, onde ele morava, e outra de nome Antônia, que estava perto do Templo. Mandou fortificar Samaria porque, estando longe de Jerusalém apenas um dia. podia impedir as rebeliões tanto na cidade quanto no campo. Fortificou também a Torre de Estratão, a que chamou de Cesareia.

Construiu um castelo no lugar chamado O Campo, onde colocou uma guarnição de cavalaria, cujos soldados eram indicados por sorte. Construiu outro em Gabara da Galiléia e outro, de nome Estmonita, na Peréia. Essas fortalezas, dispostas nos lugares mais convenientes para os fins a que ele as destinava e nas quais colocou fortes guarnições, tiraram do povo, tão inclinado à revolta, todos os meios de se sublevar, porque, ao menor sinal de agitação, aqueles que estavam encarregados de vigiar a sufocavam.

No lugar onde outrora tinha vencido os judeus, quando Antígono lhe fazia guerra, onde a localização era muito vantajosa, pois trata-se de um pequeno monte arredondado, muito forte e agradável. Ele embelezou-o e o fortificou ainda mais. O castelo era rodeado de torres às quais se subia por duzentos degraus de pedra. Havia no interior soberbos aposentos, porque Herodes não media despesas para unir a beleza à força. A seus pés, havia diversos e vistosos edifícios, particularmente ricos pela quantidade de lagos e de tanques, cujas águas eram trazidas de longe por aquedutos.

Como ele tinha intenção de reconstruir Samaria, cuja posição a fazia vantajosa e forte, porque estava sobre uma colina, mandou lá construir um Templo, colocou um grande corpo de tropas estrangeiras e das províncias vizinhas e mudou-lhe o nome para Sebaste. Dividiu entre os habitantes as terras da vizinhança, que eram muito férteis, favorecendo o povoamento. Rodeou-a de fortes muralhas, e assim aumentou e lhe fortificou o perímetro, que era de vinte estádios, tornando-a comparável às maiores cidades. Fez no meio dela uma espaçosa praça, que media um estádio e meio, e construiu um Templo soberbo. Trabalhou continuamente e de todos os modos para tornar a cidade célebre e um monumento à sua grandeza e magnificência, que conservaria a memória de seu nome através dos séculos.

Antípatro II traçou um plano para envenenar Herodes, seu pai. Mas foi descoberto, julgado e posto na prisão à espera da condenação. Nesse meio tempo, Herodes caiu doente e, já se ultimando, ordenou por um edito que os judeus mais ilustres fossem a Jerico, sob pena de morte para os que faltassem e, quando todos chegaram, os encarcerou no hipódromo.

Mandou depois vir Salomé, sua irmã, e Alexas, marido dela, e disse-lhes que ele sofria tantas dores que via que o fim de sua vida estava próximo. Porém, não podia tolerar ser privado da honra que é devida a todos os reis, por um luto público. Que eles o consolassem em tão sensível desprazer cumprindo o que lhes ia dizer, tornando assim seus funerais mais magníficos e mais agradável às suas cinzas que o de qualquer outro rei, porque não haveria uma só pessoa em todo o reino que não derramasse lágrimas de verdade; que para executar essa incumbência, assim que exalasse seu último suspiro, fizessem rodear o hipódromo de soldados, sem lhes falar de sua morte e ordenassem aos mesmos de sua parte, que matassem a flechadas todos os que lá estavam encerrados.

Depois que Herodes deu estas ordens, sua irmã e seu cunhado souberam, por cartas de seus embaixadores em Roma, que Augusto tinha mandado matar Acmé, uma escrava que servia à imperatriz Lívia e que entregava à esta, cartas como sendo de Salomé, tia de Antípatro, falando de conspirações de Herodes contra Augusto. No fim, o castigo de Antípatro seria o exilio ou a morte.

Antípatro, sabendo da iminência da morte do pai, tentou subornar o carcereiro para que o libertasse. Isso chegou aos ouvidos do rei Herodes, que ordenou a execução e que enterrassem o corpo, sem cerimônia alguma, no castelo de Hircano. Então, mudou imediatamente o seu testamento.

Ele sobreviveu a Antípatro, apenas cinco dias, e morreu trinta e sete anos, depois de ter sido declarado rei, em Roma.

Antes que a notícia de sua morte fosse divulgada, Salomé e Alexas puseram em liberdade todos os que estavam encerrados no hipódromo e disseram que o faziam por ordem do rei. Eles fizeram reunir no anfiteatro de jerico todos os soldados, para entregar-lhes uma carta que o príncipe lhes havia escrito. Ela foi lida publicamente e dizia que lhes agradecia o afeto e a fidelidade que sempre lhe haviam demonstrado e rogava que continuassem a servir a Arquelau, que ele tinha nomeado seu sucessor no reino. Ptolomeu, a quem ele tinha confiado o seu selo, leu também seu testamento que dizia expressamente que isso só se poderia fazer, depois de Augusto o tivesse confirmado.

O corpo adornado com as insígnias reais tinha uma coroa de ouro na cabeça e um cetro na mão, era levado numa liteira de ouro, enriquecida com pedras preciosas. Os filhos do falecido e seus parentes próximos seguiam a liteira, todos os soldados marchavam perto, separados por nações. Os trácios, os alemães e os gauleses vinham na frente; os outros, seguiam-nos; todos com seus comandantes, armados como para um combate. Marcharam nessa ordem, por oito estádios, desde jerico até a fortaleza de Heródio, onde o enterraram, como ele tinha determinado.

Passados os sete dias do luto, foi dado um grande banquete ao povo. Arquelau, vestido de branco, foi ao Templo, sentou-se no trono de ouro, num lugar elevado, e manifestou ao povo sua satisfação por ter este cumprido todos os deveres com tanto zelo, nos funerais de seu pai e das honras que lhe prestavam, a ele mesmo como seu rei. Disse que não queria desempenhar as funções inerentes ao cargo, nem mesmo tomar-lhe o nome, enquanto Augusto não o tivesse confirmado. Por essa razão recusara em Jerico a coroa que o exército lhe havia oferecido. Somente depois que tivesse recebido o diadema das mãos do imperador, agradeceria a eles e aos soldados, o afeto que lhe demonstravam e se esforçaria de todo modo para os tratar favoravelmente como seu pai havia feito.

Quando Herodes se ultimava, dois eloquentes judeus, Judas e Matias, insuflaram os jovens que educavam na interpretação da lei mosaica a destruir as obras profanas feitas por ele. Entre essas obras, em especial, uma feita para colocar sobre o portal do Templo, uma águia de ouro de tamanho extraordinário e de muito valor. Uns quarenta daqueles moços a despedaçaram e ousaram resistir aos soldados que os prenderam juntamente com judas e Matias - que julgaram ser-lhes-ia vergonhoso fugir. Todos foram mortos por ordem de Herodes.

Então, aproveitando a presença de Arquelau no Templo, muitos se reuniram exigindo a deposição do sacerdote posto no lugar de Matias, que fora destituído em razão da depredação ocorrida.

Arquelau queria castigá-los por causa dos tumultos, mas não quis tornar o povo seu inimigo, pois estava de partida para Roma, e julgou seu dever acalmá-los. Mandou o principal oficial de suas tropas obrigá-los a se retirarem. Quando, porém, ele se aproximou do Templo, atacaram-no a pedradas, sem nem mesmo escutá-lo. Trataram do mesmo modo vários outros que o príncipe enviara. Assim, com a chegada das festividades da Páscoa, permaneceram no pátio do Templo insistindo nas suas queixas.

O resultado foi que esses atacaram os soldados que foram enviados a fim de dissuadi-los. Arquelau, julgando que não podia deixar semelhante revolta impune, mandou contra eles todo o exército com ordem à cavalaria de matar os que saíssem do Templo para fugir, bem como impedir que os estrangeiros os socorressem. Assim, mataram três mil homens e o resto fugiu para os montes vizinhos.

Não podendo adiar sua partida para Roma, deixou seu irmão Felipe, filho de Cleópatra, no governo. Em Cesareia, encontrou o intendente de Augusto na Síria, Sabino, que se deslocava para a Judeia a fim de garantir a integridade dos tesouros de Herodes, selando-os; bem como ocupar as fortalezas. Entretanto, Públio Quintílio Varo, governador da Síria, sustou o deslocamento, concedendo a Arquelau as posses de Herodes.

Herodes Antipas, a esta altura, já estava em Roma e pretendia fazer valer o testamento de seu pai, feito nos últimos dias, contra o fato de Arquelau ser o mais velho e ter sido indicado por Herodes na última hora.

Na audiência com Augusto, Antipas insinuou que independentemente da decisão romana, Arquelau já tinha se constituído rei da Judeia e usando dessa autoridade havia mandado matar três mil que protestavam, estrangulando até mesmo estrangeiros. Que sem a devida autoridade, havia mudado vários oficiais do exército, libertado os que o pai tinha confinado no hipódromo, além de julgar causas e distribuir favores.

Na Judeia, a ausência do governante deu margem a sedições. O governador da Síria, Públio Quintílio Varo, castigou aos insurgentes e deixou uma legião em Jerusalém. Sabino, à frente, aproveitou o reforço de tropas para se apoderar do controle das fortalezas da região, buscando tomar posse dos tesouros de Herodes, algo que deixou os judeus muito irritados.

Judeus vindos de todas as partes para participar da festa de Pentecostes se uniram e ocuparam o hipódromo, sitiaram o Templo, dos lados do norte e do oriente bem como do lado do ocidente, onde estava o palácio real. Rodearam assim os romanos de todos os lados e se preparavam para atacá-los. Sabino, vendo-os animados e resolvidos a morrer pelo seu intento, escreveu a Varo que viesse com urgência, para socorrer a legião. Da torre mais alta do castelo que Herodes tinha construído, chamada Fasaela, fez sinal aos romanos, que atacassem os judeus. O combate foi acirrado e vários judeus foram mortos. Mas uma parte subiu sobre os pórticos da última muralha do Templo, de onde lançaram uma grande quantidade de pedras sobre os romanos, uns com a mão, outros com fundas, outros atiraram também contra eles uma chuva de flechas e dardos. O que os romanos lhes lançavam de baixo, não chegavam a atingi-los. Os romanos, não podendo mais tolerar tal vantagem, puseram fogo ao pórtico. Mas as chamas subiram até o telhado e como lá havia grande quantidade de piche e cera, com que se haviam fixado os ornamentos, ele incendiou-se facilmente. Aquelas soberbas cornijas ficaram logo reduzidas a cinzas e os que estavam em cima, surpreendidos pelo fogo, pereceram todos. Uns caíram de cima do teto, outros foram mortos pelos dardos que os romanos lhes lançavam, alguns, assustados pelo perigo e levados pelo desespero mataram-se ou se precipitaram nas chamas, e os que para se salvar queriam descer por onde haviam subido caíram nas mãos dos romanos que os mataram com grande facilidade. Assim, nenhum dos que haviam subido ao teto do Templo sobreviveu. Os romanos então, apertando-se, passaram pelas chamas, para ir até onde o dinheiro consagrado a Deus estava guardado. Os soldados levaram-lhe uma parte e sabino angariou apenas quatrocentos talentos. Um grupo de judeus cercou o palácio real, ameaçou incendiá-lo e matar todos os que lá estavam, se não saíssem imediatamente. Contudo, se se retirassem, não lhes fariam mal algum, nem a Sabino. Os judeus solaparam os muros, impedindo a saída dos romanos. Sabino suspeitava da proposta, então resistiu o quanto pode à espera do socorro.

O governador, tendo recebido o pedido de socorro de Sabino, reuniu as tropas, cerca de vinte mil soldados e enviou seu filho com parte do seu exército para a Galileia. Este, tomou a cidade de Séforis, reduzindo-a a cinzas. Cerca de dois mil habitantes foram vendidos como escravos. Também a cidade de Emaús foi incendiada, embora os habitantes tivessem fugido antes.

Os judeus sabendo da aproximação do exército romano levantaram o cerco e Sabino fugiu por mar. Varo ocupou Jerusalém e mandou uma parte de seu exército procurar em todo o reino os autores da revolta resultando na crucificação de dois mil insurgentes.

Enquanto as coisas se passavam na Judeia, cinquenta embaixadores dos judeus vieram com permissão de Varo procurar Augusto, para pedir-lhe que lhes permitisse viver segundo suas leis. Nisso tinham o apoio de mais de oito mil judeus, que moravam em Roma.

O imperador reuniu uma grande assembleia dos mais ilustres romanos no templo de Apolo. Os embaixadores, muitos judeus, Herodes Filipe, filho de Mariana I, e Arquelau com seus amigos e parentes compareceram à presença do imperador.

Os embaixadores queixaram-se que não havia leis que Herodes, pai, não tivesse violado com sua conduta injusta e criminosa, tendo sido rei só de nome, pois jamais tirano algum havia sido tão cruel. Que ele despojava a todos dos seus bens, que construiu e embelezou cidades fora de seu território, arruinando as do próprio com horríveis impostos, dos quais ninguém estava isento. Obrigou-os a dar grandes somas, para satisfazer à ambição de seus cortesãos. Que tendo encontrado a Judeia florescente e na abundância, ele a havia reduzido à sua miséria anterior. Que matou sem motivo várias pessoas de posição, a fim de se apoderar de seus bens. Que eles não falavam das moças que ele havia violado e das mulheres de condição, às quais ele havia feito o mesmo ultraje. Porque o único alívio para elas era que tudo caísse no esquecimento.

Assim, julgavam que qualquer um da família que o substituísse, não procederia de forma diferente. Que esse filho de Herodes, sem esperar que imperador o tivesse confirmado no reino, tinha dado aos seus novos súditos uma bela prova de sua virtude, de sua moderação e de sua justiça, começando por fazer degolar no Templo em vez de cordeiros, três mil homens da mesma nação.

Portanto, suplicavam a Augusto que mudasse a forma de seu governo, não os sujeitando mais a reis, mas anexando-os à Síria para dependerem somente daqueles aos quais ele desse o governo. Então veria se esse povo era mesmo sedicioso, se não saberia obedecer aos que tinham o legítimo poder de governar.

Nicolau de Damasco tomou a defesa de Herodes e de Arquelau, argumentando que era estranho que ninguém tivesse acusado Herodes durante a vida e, quanto a Arquelau, dever-se-ia considerar que a ação de que o censuravam, era somente devida à insolência e à revolta dos que o haviam obrigado a castigá-los, que os insurgentes tinham matado a golpes de espada e a pedradas os que Arquelau havia mandado para impedir que continuassem a promover a agitação. Nicolau acusou os embaixadores de serem facciosos, sempre prontos a se revoltar, porque não queriam obedecer às leis e à justiça, mas sim serem senhores e dominar aos demais.

Alguns dias depois, Augusto concedeu a Arquelau não o reino da Judeia inteiro, mas a metade, com o título de Etnarca e prometeu fazê-lo rei, quando disso se tivesse tornado digno, pela sua virtude. Dividiu a outra metade entre Filipe e Antipas. Este recebeu a Galiléia com a região que está além do rio, cuja renda era de mais ou menos duzentos talentos; Filipe recebeu a Bataneia, a Traconítida e a Auranita com uma parte do que tinham pertencido a Zenódoro, cuja renda chegava a cem talentos. Arquelau recebeu a Judeia, a Idumeia e Samaria, à qual Augusto perdoou a quarta parte dos impostos, que antes ela pagava, porque tinha se conservado pacífica, quando as outras se haviam revoltado. A Torre de Estratão, Sebaste, Jope e Jerusalém estavam nesta partilha de Arquelau. Mas Gaza, Gadara e Ipom, porque viviam segundo os costumes dos gregos, Augusto separou-as do reino, para anexá-las à Síria e o rendimento anual de Arquelau era de seiscentos talentos.

A Salomé, irmã de Herodes, deu além das cidades de Jamnia, Azoto, Fasaelida e cinco mil peças de prata que Herodes lhe havia deixado, Augusto deu ainda um palácio em Ascalom. Sua renda era de sessenta talentos e ela tinha sua moradia no país, que estava sob o governo de Arquelau. O imperador confirmou também aos outros parentes de Herodes os legados feitos por seu testamento; e além do que ele havia deixado às suas duas filhas solteiras, ele lhes deu duzentas e cinquenta mil peças de prata. Também deu aos filhos de Herodes mil e quinhentos talentos, que ele lhes havia legado, retendo alguns dos vasos preciosos, que também ele lhes havia deixado, não pelo seu valor, mas para conservar a recordação de um rei estimado.

Arquelau voltou à Judeia, 4 a.C., tirou o sumo sacerdócio de Joazar, filho de Boeto, por ter favorecido aos sediciosos, e a deu a

Eleazar, irmão de Joazar. Mas depois a tirou para dá-la a Jesus, filho de Sias.

No décimo ano de seu governo, os mais ilustres dos judeus e dos samaritanos acusaram-no de tirania perante Augusto. Este irritou-se de tal modo, que mandou o embaixador de Arquelau em Roma buscá-lo. Após ouvir os acusadores e a defesa de Arquelau, confiscou todo seu dinheiro e o mandou exilado para Viena, na Gália, em 6 d.C.

Augusto nomeou o senador romano Cirênio para governar a Síria, com ordem de fazer o inventário do que havia em seu território. Ele se apoderou de todo o dinheiro que pertencia a Arquelau e vendeu os bens confiscados deste.

Desde então a Judeia, a Idumeia e Samaria passaram a serem administradas por um representante de Roma. Copônio (6-9 d.C.), Marco Ambibulo (9-12 d.C.), Ânio Rufo (12-15 d.C.), Valério Grato (15-26 d.C.) e Pônico Pilatos (26-36 d.C.), com o qual inicia-se a história do cristianismo.

Capítulo I

A Crucificação

Cesareia Marítima, capital administrativa e militar da província da Judeia, tinha cerca de cento e vinte cinco mil habitantes. Era uma cidade pagã, de claras linhas arquitetônicas greco-romanas. A cidade murada possuía um palácio, um teatro para três mil e quinhentas pessoas, um hipódromo, um templo dedicado a Augusto e termas públicas.

O novo governante, nomeado pelo imperador Tibério Cláudio Nero, era Pôncio Pilatos. Chegara em 26 d.C. aos quarenta anos e tinha como missão manter a ordem na província e administrá-la judicial e economicamente, recolhendo os impostos para manter as necessidades da província e de Roma. Sua jurisdição ia até Samaria e a Idumeia e exerceria seu poder com violência abusiva, frequentemente executando prisioneiros sem julgamento.

Júlio era o Centurião encarregado da segurança de Pilatos. Nascido no sul da Itália, órfão desde cedo, sobrevivera cuidando dos cavalos da família e acompanhara o novo prefeito da Judeia que o fez ingressar no exército romano aos dezessete anos. No ano 30, como em todos os anos desde que chegara, acompanhou Pilatos até Jerusalém para as festividades da Páscoa judaica.

Roma tinha uma política de conquista e assimilação, a _Pax romana_, em que, não raro, mantinha gente local como governante para assuntos locais ou religiosos. Um representante de Roma trataria apenas de situações que confrontassem diretamente o domínio romano, como sedição ou sonegação de tributos. A despeito da aparência, o processo era de dominação; o conquistador estabelecia as regras e ao povo conquistado cabia pagar os tributos ao mesmo tempo que assimilava a cultura romana. Se de um lado a presença do exército oferecia segurança contra inimigos externos e favorecia o comércio. De outro, era a face visível da dominação e das mudanças que afetavam o modo de viver. Em lugares como a Judeia, essa intromissão não era benvinda.

Herodes, o grande, construiu a cidade de Cesareia marítima em homenagem a Augusto, sobrinho-neto e herdeiro de Júlio César. A cidade não tinha fontes seguras de água potável quando da construção em 22 a.C. Então, o rei Herodes encomendou a construção de um aqueduto para trazer água desde as fontes do Monte Carmelo, há 16km de distância.

Para estimular o comércio pela Judeia, Herodes construiu em Cesareia um porto de águas profundas em mar aberto. Ele protegeu o lugar com muros gigantes de argamassa que se estendiam por 460 metros além da costa e eram ancorados ao solo marinho por um concreto hidráulico. Uma mistura feita com cinzas vulcânicas, cal e um ingrediente especial – água do mar. Essa combinação de elementos formam um mineral chamado tobermorita aluminosa. O resultado são fibras finas e placas que tornam o concreto mais resiliente e menos suscetível a fraturas.

Em Jerusalém construiu, um palácio, a Fortaleza de Antônia, que recebeu esse nome em homenagem ao triúnviro romano Marco António. A fortaleza era uma praça-forte localizada na extremidade oriental da muralha da cidade, ligada ao templo por uma galeria. Era a residência oficial dos governantes romanos, quando estavam na cidade.

Com medo de uma revolta, Herodes construiu um palácio de verão, uma fortaleza localizada a doze quilômetros ao sul de Jerusalém, composto de duas partes. O Alto Heródio continha o palácio dentro de uma fortaleza circular no topo da colina artificial, cercada por paredes duplas de vinte metros de altura, e o Baixo Heródio, na base da colina, que consistia em inúmeros anexos do palácio, para uso da família e amigos do rei, e os escritórios centrais da capital distrital. Herodes construiu além da fortaleza, um complexo com palácios de grande extensão, pátios, uma imponente piscina com 70 metros de largura, casas de banho e um vasto complexo subterrâneo, além de cisternas e outras construções com o que havia de mais moderno e suntuoso na época.

Havia inúmeros jardins por todos os lugares e a água vinha através de um aqueduto vindo das piscinas de Salomão, perto de Belém. Sendo o monte mais alto do deserto da Judeia, o Alto Heródio propiciava uma vista deslumbrante sobre toda a área circundante, com as montanhas de Moab à leste e as colinas judaicas ao oeste e foi usado como residência de verão, monumento, cripta da família, capital do distrito e fortaleza.

Pilatos, em sua chegada, como uma demonstração de força e autoridade, adentrou Jerusalém altas horas da noite com soldados desfilando pelas ruas com a águia imperial romana nos estandartes da legião e imagens do Imperador, que era hábito retirar ao entrar em Jerusalém, pois simbolizavam o Imperador, não só como a máxima autoridade quer civil quer militar, como ainda eram um símbolo do Imperador como divindade.

Pilatos viera para a região contrariado. A Judeia era um local distante de Roma e o fanatismo religioso dificultaria seu governo. Demonstrar logo seu poder e ensinar aquele povo supersticioso que o imperador era o único deus sobre a terra, seria uma forma de agradar a Roma e alcançar um alto cargo na capital do império.

A ambição de Herodes Antipas era ter ficado com os territórios de seu irmão Arquelau e, juntando-se ao fato de que o novo prefeito o tratara como um insignificante governante local, isso determinava sua aversão à Pilatos.

Como era de se esperar, o povo reagiu à presença de símbolos do imperador dentro da cidade. Uma multidão, incentivada secretamente por Herodes, seguiu Pilatos até Cesareia e se congregou por cinco dias diante da residência oficial para exigir que os estandartes fossem retirados de Jerusalém, e no sexto dia a situação estourou. Pilatos, acusa Herodes e mandou a guarda dissolver a multidão à força, ameaçando-os de morte. Mas os judeus se jogaram no chão dispostos ao sacrifício, algo que deixou Pilatos perplexo. Viu então que a religião era algo passional para essa gente. Então chamou de volta a guarnição que ficara em Jerusalém com seus estandartes.

Pilatos estava determinado a fazer um bom governo e mostrar a Roma que era digno. Ao mesmo tempo, entendeu que era preciso conquistar o povo de Jerusalém. Como a população crescera, agora cerca de vinte e cinco mil pessoas habitavam dentro e fora das muralhas, a demanda por água aumentou e isso deu a oportunidade para lhes manifestar seu favor.

Em nova visita à Jerusalém, anunciou a construção de um aqueduto trazendo água para a cidade de uma fonte distante 40km. Para a construção, Pilatos se apropriou de parte do dinheiro do tesouro do Templo. De novo, incentivada por Herodes, a população reagiu de forma enfurecida. Desta vez os soldados estavam preparados. A pretexto de defender a segurança do prefeito, os quatrocentos legionários trazidos para o evento estavam estrategicamente posicionados, cercaram a multidão e muito foram espancados. Mas alguns foram mortos, pisoteados pela multidão em fuga.

Herodes nada pôde fazer. Mesmo com uma força militar local sob seu comando - recebera de Augusto quatrocentos homens da Galácia que outrora serviram à Cleópatra, qualquer tentativa de impedir as tropas de Pilatos de pôr ordem a turba poderia ser confundida com uma rebelião e suas pretensões futuras seriam frustradas.

De fato, Herodes não podia comandar soldados romanos. Então, se utilizava de mercenários para guarnecer seus castelos e tinha um pelotão de arqueiros traconites. Além disso, tinha grupos de reservistas que serviam na antiga Samaria e em Hebron, fronteira Nabateia. Tinha uma tropa de cavalaria nas encostas do Monte Carmelo pronta para intervir na Galileia, se necessário. Facilmente, a tropa em Samaria poderia intervir em Jerusalém.

Pilatos, por sua vez, tinha a disposição cinco coortes de infantaria com quinhentos homens cada e uma coorte de cavalaria, totalizando três mil legionários treinados, nenhum deles judeu. Como soldados profissionais recebiam um salário anual de 225 denários.

Um ano antes, em 29 d.C., novas moedas começaram a circular nos mercados de Jerusalém, emitidas por Pilatos. De um lado três espigas de trigo e do outro uma panela ou concha de cozinha. Utensílios que os sacerdotes romanos usavam para derramar vinho em honra aos deuses pagãos. As do ano seguinte viria com uma grinalda numa face e na outra um bordão com cabo, semelhante ao cajado de pastores, o *lítuo*. Era a marca de ofício de áugure romano, adivinho através das entranhas de animais sacrificados. Pilatos não se cansava de mostrar seu desprezo pelos judeus.

Agora, mais uma vez, os dois se encontram em Jerusalém para as festividades da Páscoa judaica. De um lado Herodes, ciente de que seu desafeto utilizaria de todo esforço para destituí-lo ao menor sinal de problemas. Do outro, um estrangeiro que se por um lado queria impor a superioridade romana, por outro, era desejoso de ser aceito naquela sociedade, fazer o seu trabalho ser reconhecido por Roma e por fim deixar aquela terra o mais rápido possível.

Pilatos chegou à Fortaleza de Antônia, sua residência oficial em Jerusalém, na tarde da segunda-feira, 3 de abril do ano 30, 11º dia de Nisã no calendário judaico. A cidade fervilhava de gente, peregrinos judeus vindo de todas as partes. Na manhã da quinta-feira, logo que amanhecera, Pilatos foi acordado por Júlio.

— Senhor, há judeus e membros do sinédrio, lá fora, nas escadarias, não querem entrar. Mas trouxeram um prisioneiro. Está no pretório e está bem machucado.

— Caifás está com eles?

Na época, o Sinédrio de Jerusalém era um tribunal formado pelo Sumo Sacerdote e outros setenta homens proeminentes, considerados sábios, que interpretavam e aplicavam as leis judaicas. O ofício de Sumo Sacerdote, desde Herodes - o Grande, já não era vitalício e mudava ao gosto dos governantes. Caifás, do partido dos saduceus, em 18 d.C. foi nomeado por Valério Grato a quem Pilatos substituíra.

— Não. Apenas um servo dele, de nome Malco.

— Que esperem! Procure nossos espiões e descubra o que está acontecendo.

Algum tempo depois Pilatos vai até as escadarias do Pretório, porque os Judeus não queriam entrar para não se contaminarem antes dos rituais do dia.

— Que acusações vocês têm contra este homem?

— Ele se proclama o messias, o ungido, e perverte o povo proibindo de pagar tributo à Cesar.

Nos escritos daquele povo, havia profecias de que um Rei, o ungido, surgiria e traria libertação aos Judeus. Mas o que aquela gente queria, era acusá-lo de sedição e sonegação de impostos. Crimes puníveis com a pena Capital.

Finalmente Pilatos vai ver o maltratado prisioneiro.

O rosto machucado, mãos amarradas e roupa simples, faziam-no mais um mendigo que um rei. Era um homem comum, de pele morena, cabelos negros, de pouca altura e corpo atarracado, moldado pelo trabalho braçal com madeira e pedra na reconstrução da cidade de Séforis, distante 6 km de Nazaré.

Herodes, o grande, mantinha a cidade de Séforis como seu quartel general no norte de seu reino. Com sua morte, houve a revolta de seus habitantes que resultou numa ação do governador romano da Síria, Públio Quintílio Varo, que mandou soldados para saquear e queimar a cidade, vendendo todos os seus habitantes como escravos. A cidade foi reconstruída por Herodes Antipas que a usou como sede do seu governo, transferido posteriormente para cidade de Tiberíades.

Muitos vieram de cidades vizinhas, como Nazaré, para trabalhar na reconstrução da cidade, que tinha um teatro para 4.500 pessoas e um palácio. Ela estava dividida em uma parte alta e outra parte baixa com um mercado em cada setor. Havia um sistema extenso de aquedutos e rodas eram usadas para levar água à parte mais alta que era fortificada. Na cidade havia uma estrada ladeada por colunas, um muro, um portão, muitas lojas, hospedarias, sinagogas e academias. A cidade cunhava até as suas próprias moedas.

Então, o que Pilatos via, era tão somente um homem do povo, moldado pelo sol forte e o trabalho penoso.

— Então, tu és o Rei dos Judeus?

— Tu o dizes isso de ti mesmo ou disseram-te os outros de mim?

— Acaso sou judeu? O teu povo é que te rejeita e te entrega a mim. Não sabes tu que eu tenho autoridade para libertar ou para crucificar?

— Não terias nenhuma autoridade sobre mim, se esta não te fosse dada de cima – respondeu o prisioneiro.

Júlio chega com informações que recolhera no mercado junto aos colaboradores. Tanto Herodes quanto Pilatos mantinham uma rede de espiões. Olhos e ouvidos naquela cidade cheia de intrigas.

— O que descobriu, Júlio?

— O prisioneiro chama-se Jesus de Nazaré e chegou à cidade no sábado. Andou fazendo confusão no Templo, derrubando as mesas dos cambistas. É um profeta da galileia e muita gente o seguiu até aqui.

Pilatos ficou alguns instantes em silêncio diante daquelas informações. Aquela gente miserável, pensou ele, era capaz de criar embaraços entre ele e Herodes. O governador da Síria, Lúcio Élio Lamia, a quem era subordinado, já o advertira, depois que usou o dinheiro do templo para começar a construção do aqueduto, de que a gente dali era muito sensível e não convinha se indispor com aquele povo e tão pouco com Herodes.

A Judeia era rota comercial usada para trazer grãos do Egito à Roma, usando o porto de Cesareia. Revoltas na região afetariam o abastecimento da capital do império.

— Algo mais? — indagou Pilatos.

— Os guardas do sinédrio o prenderam essa noite e o levaram a casa de Anás, o antigo Sumo Sacerdote. Lá o espancaram e levaram-no para Caifás que reuniu alguns do sinédrio e o condenaram por blasfemar no Templo. Então o trouxeram.

— Não me admira! Aquelas bancas do Templo, na maioria, são de Anás e nesses dias fazer confusão ali causa um grande prejuízo. Esse homem devia ser preso durante o dia e ser julgado publicamente.

Não que Pilatos se importasse em seguir o rito estabelecido pela lei romana para um correto julgamento. Mas o seu instinto lhe dizia que havia algo errado. Por que a pressa em condenar aquele infeliz? Por que não o levaram à Herodes primeiro?

Pilatos foi, mais uma vez, ao encontro dos acusadores.

— Não acho culpa alguma nesse homem! Soube que ele é Galileu. Levem-no a Herodes e julguem-no segundo as vossas leis.

Ao entrar, Pilatos é interpelado por sua esposa Claudia Prócula. Ela era de família nobre e seu casamento havia aberto as portas para o marido diante do imperador.

— Não se envolva no julgamento desse homem! Você saiu dos nossos aposentos e eu continuei a dormir. Mas tive um sonho perturbador. Sonhei que o céu escurecia em pleno meio-dia, trovões eram ouvidos e depois chovia sangue sobre a cidade. As pessoas eram, literalmente, lavadas em sangue!

— Não se preocupe Claudia. Também fiquei perturbado com essa gente à porta tão cedo. Esse homem é da Galileia, jurisdição de Herodes e Ele está na cidade.

Herodes Antipas residia na fortaleza Heródia, construída por seu pai, e nos dias de festa vinha à Jerusalém acompanhar as cerimônias. Nessas ocasiões ocupava o antigo palácio dos príncipes asmoneus, descendentes dos Macabeus, situado a pouca distância, no lado sudoeste do templo.

Júlio levou o prisioneiro, acompanhado de seus acusadores, à Herodes, o que não deixava de ser uma demonstração de respeito da parte de Pilatos.

Pilatos, de fato, não se importava com Herodes, mas Roma acabara de passar por uma guerra civil que tinha posto fim ao triunvirato. Nesse momento, desestabilizar a região, a ponto de o imperador ter que enviar tropas, seria o fim de sua carreira pública. Assim, estabelecer uma aliança com Herodes poderia ser útil, caso precisasse de suas tropas auxiliares.

Enquanto Jesus era levado, alguns foram até Caifás informar que Pilatos não confirmara a sentença e enviara o prisioneiro à Herodes.

Caifás, juntamente com seu sogro, Anás, reuniram os príncipes dos sacerdotes e deliberaram o que fazer diante da recusa de Pilatos.

Havia alguma resistência no sinédrio, Nicodemos e José de Arimatéia, insistiam que não havia motivos para requerer uma pena capital.

— Vocês já o condenaram e o açoitaram. Não é o bastante? Se sua obra não provém de Deus, será apenas mais um falso profeta, e com o tempo sumirá da cidade — disse José de Arimatéia.

— Sim, é apenas mais um falso profeta — completou Nicodemos.

— Falso profeta? É um revolucionário! — exclamou Anás, enraivecido - Se o deixarmos seguir livre, todos acreditarão nele, e então virão os romanos e tomarão tanto o nosso lugar, como a nossa nação.

— Concordo! — disse o Sumo Sacerdote Caifás, e em tom solene profetizou — Vós falais do que não compreendeis. Nem considerais que é do vosso interesse que morra um só homem pelo povo, e não pereça toda a nação.

Assim, deliberaram juntar uma multidão e requerer de Herodes que confirmasse a condenação do Sinédrio e retornasse o Galileu à Pilatos para execução.

O tetrarca concedeu, imediatamente, uma audiência. Herodes já ouvira falar de Jesus, e muitos consideravam-no profeta devido aos milagres que ocorriam por onde passava. Desejava conhecê-lo, pois esperava poder testemunhar algum de seus supostos prodígios. O seu entusiasmo com o encontro era mais pela possível diversão que por sua doutrina.

— Dizem que tu es João Batista que ressuscitou dos mortos. Mas eu sei que não. Meus informantes me disseram que era seu primo distante. Também como tu, se dizia um profeta e muita gente o seguia. Es tu, maior que João?

De fato, João Batista era filho do sacerdote Zacarias e Isabel, sua esposa, tia de Maria, mãe de Jesus de Nazaré. Nascera seis meses antes e, quando adulto, andava pelo deserto usando roupas feitas de pelos de camelo, um animal impuro para os judeus. O seu alimento era gafanhotos e mel silvestre, estranho ao modo de vida judaico. Pregava o arrependimento dos pecados, pela consciente mudança pessoal e não baseado na expiação através dos sacrifícios de animais. Por ser filho de sacerdote poderia gozar das benesses de sua posição na sociedade da época. Mas abdicara, para anunciar aos judeus que uma mudança viria e abalaria os alicerces da nação.

Jesus, de certa forma, também compartilhava da pregação de João e isso punha em xeque toda sociedade judaica que girava em torno do Templo, dos sacrifícios feitos e das ofertas que vinham de judeus espalhados pelas nações. Assim, Anás e Caifás entendiam que essa doutrina ameaçava acabar não só com o elemento de união, de identidade do povo, mas também com a casta sacerdotal, seu estilo de vida e seus lucros.

As bancas no templo eram destinadas à troca de moedas, o câmbio, e frequentemente exploravam os peregrinos. Além disso, ninguém mais trazia animais de casa para o sacrifício, correndo o risco de serem envergonhados porquanto os sacerdotes gananciosos podiam apontar defeitos imperceptíveis, invalidando a oferta. Assim era necessário pagar pelos animais que seriam sacrificados.

Herodes, três anos antes, prendera João Batista numa fortaleza chamada Maquero, província da Pereia. Temia que as multidões que o seguiam suscitassem uma revolta. Uma vez preso, esperava que logo o esquecessem. Mas João denunciara em público que o casamento de Herodes com sua cunhada violava a lei mosaica. Ambiciosa, durante uma visita de Herodes à Roma, Herodias o seduziu e deixou o marido Herodes Felipe, meio irmão de Herodes. Em agosto do ano 27, durante o banquete de seu aniversário, desejosa de vingança, convenceu sua filha Salomé a dançar para o aniversariante e pedir-lhe a cabeça de João Batista, sendo prontamente atendida.

As perguntas de Herodes eram apenas retóricas. Sabia que um punhado de gente vinda da galileia não era uma ameaça. Mas Jesus estava em silêncio, nada respondia. Então começaram a zombar, cobrindo-lhe de um manto e saudando-o como rei.

A essa altura o grupo de acusadores aumenta com a chegada da cúpula do sinédrio e gente arregimentada para avolumar o coro de protestos, exigindo a condenação.

Herodes não tinha a intenção de se envolver nesse julgamento, mas não era prudente contrariar o sinédrio. Assim, só restava devolver à Pilatos a prerrogativa do julgamento.

Júlio retorna com o prisioneiro à Pilatos, acompanhado de um grupo ainda maior, tendo de ser contida pela guarda para não agredir ainda mais à Jesus.

Novamente os judeus permaneceram nas escadarias do pretório enquanto Jesus era levado ao salão.

— O que houve Júlio? — interrogou Pilatos.

— O tetrarca Herodes devolveu o prisioneiro. Agradeceu a consideração e disse que as alegações do Sinédrio dizem respeito à Roma.

— Agora os judeus estão preocupados com Roma — pensou Pilatos em voz alta.

Pilatos dirige-se à Jesus.

— Ouves a multidão lá fora. Eles te acusam de querer ser rei.

— O meu reino não é deste mundo. Se fosse, os meus servos lutariam para impedir que os judeus me prendessem. Mas agora o meu Reino não é daqui.

— Então, você é rei! — exclamou Pilatos.

— Tu dizes que sou rei. De fato, por esta razão nasci e para isto vim ao mundo: para testemunhar da verdade. Todos os que são da verdade me ouvem.

— Verdade! Que verdade? Teus acusadores não querem a verdade, mas sim sangue derramado! És como um desses cordeiros que são sacrificados na pascoa de vocês.

Pilatos estava convencido da inocência de Jesus. Não que, de fato, a vida de um judeu lhe importasse. Mas negar algo que os judeus desejassem era uma satisfação pessoal. Então, foi até a multidão.

— Herodes não o condenou. Também eu, não acho nele motivo algum de acusação. Assim, mandarei açoitá-lo e o soltarei.

O servo de Caifás, Malco, se pronunciou.

— Se deixares esse homem livre, não és amigo de César. Quem se diz rei opõe-se a César.

E aqueles que o acompanhavam começaram o coro.

— Crucifica-o! Crucifica-o!

— Devo crucificar o rei de vocês? — indagou Pilatos.

— Não temos rei, senão César — respondeu Malco.

Ao ouvir isso, Pilatos mandou Júlio trazer Jesus para fora.

— Vocês querem sangue? Muito bem. Barrabás e seu bando foram presos em Cafarnaum. Ele assaltava e espancava os peregrinos nas estradas, prejudicando os negócios de vocês. Agora digam se preferem que eu solte Barrabás ou Jesus?

Pilatos encontrara uma solução engenhosa. Agora, se os judeus escolhessem soltar Barrabás, isso causaria mais prejuízo que um mísero profeta quebrando bancas no templo. Ele contrariaria aquele povo qualquer que fosse a decisão e ainda faria parecer-lhes conceder um favor.

Esse estratagema resolvia vários problemas. Se aceitasse a acusação dos judeus contra Jesus, passaria mais tempo na cidade, teria que iniciar um julgamento, providenciar um defensor para o acusado, ouvir testemunhas e, por fim, julgar o caso. Tudo registrado nos anais da administração. Mesmo que absolvesse o acusado, ainda assim os judeus poderiam acusá-lo junto ao governador da Síria de favorecer um rebelde que se intitulava rei, pregava contra Roma e o pagamento de impostos, mesmo que tudo fosse mentira. Nesses dias poderiam ocorrer revoltas e tumultos que seriam entendidos como incapacidade sua de controlar aqueles bárbaros.

Era certo que escolheriam soltar Jesus, nada ficaria registrado senão na memória daqueles presentes e apenas um bandoleiro que matara um soldado romano durante sua captura em Cafarnaum seria executado.

A esta altura, Anás e Caifás haviam se juntado à multidão. O experiente Anás conduziu os rumos da história.

— Pensem! Barrabás é um ladrão. Se o soltarem, logo voltará a roubar, será preso e talvez morto. Esse Galileu, se solto, já será um vitorioso. O povo o seguirá mais e mais. Então, logo teremos um problema muito maior que um assaltante de estradas... Que todos digam, solte Barrabás!

Pilatos, agora não poderia recuar. A sua oferta foi aceita, mas soltaria o prisioneiro errado. Numa última tentativa, mandou açoitar Jesus.

— Júlio, leve o prisioneiro. Quarenta açoites menos um.

A seção de açoites feita pelos romanos era muito cruel e dolorosa. O instrumento de tortura possuía um pequeno cabo de madeira no qual era preso um chicote feito com um combinado retorcido de tiras de couro. Em suas pontas, eram colocados pedaços de ossos cortantes e ganchos de metal.

Esse castigo era tão pesado, que não era raro o prisioneiro morria em decorrência dos ferimentos causados pelos açoites. A vítima ficava despida e encurvada, enquanto dois homens, um de cada lado, aplicavam os golpes.

Com a violência do impacto, o cordão de couro criava profundos hematomas e cortes, enquanto as pontas de ossos e os ganchos de metal, cravavam e rasgavam a pele. A carne do açoitado ficava tão dilacerada, que veias e até órgãos internos ficavam expostos entre os profundos ferimentos.

As consequências médicas de uma surra tão violenta são hemorragias, acúmulo de sangue e líquidos nos pulmões e possível laceração no baço e no fígado.

Por fim, os soldados lhe deram uma cana como cetro, teceram uma coroa de espinhos e a puseram na cabeça. Cobriram-no com um velho manto vermelho usado pelos soldados e, chegando-se a ele, diziam:

— Salve, rei dos judeus! — E batiam-lhe no rosto.

Jesus resistiu aos açoites graças a sua compleição física. Contudo, mal se mantinha em pé. Então foi trazido à Pilatos, que diante daquele quadro, esperava chocar a multidão.

— Não encontrei nele crime algum, mesmo assim foi-lhe aplicado o castigo e seu sangue derramado. Que querem que lhe faça?

— Que seu sangue recaia sobre nós e nossos filhos, crucifica-o! — Gritava a multidão, insuflada por seus líderes.

O destino do prisioneiro estava selado. Imediatamente Pilatos lembrou-se do sonho de sua esposa. Mandou um servo buscar uma vasilha com água e lavando as mãos diante da multidão proclamou a sentença.

— Estou livre do sangue desse inocente. Barrabás será libertado e este justo será crucificado.

As coisas não saíram como previsto por Pilatos, mas este não perdia ocasião para confrontar os judeus. A encenação de lavar as mãos nada mais era que um deboche ao ritual judaico de purificação, a ablução.

Para completar a zombaria, ordenado por Pilatos, Júlio mandara um copista escrever numa tábua "JESUS NAZARENO, O REI DOS JUDEUS", em hebraico, grego e latim, nessa ordem. Protestos contra a inscrição foram ignorados.

— O que está escrito, está escrito! — Sentenciou Pilatos.

A manhã fora longa para Júlio. Era meio-dia e o cortejo se iniciava com ele a frente, seguido de um mensageiro, que anunciava o motivo da condenação, e quatro soldados que cercavam Jesus, obrigando-o a levar a trave horizontal, o patíbulo, reutilizada de outras crucificações devido à escassez de madeira.

Júlio vê que o prisioneiro, mesmo chicoteado, não tem condições de levar o peso, cerca de 30kg, e isso os atrasaria. Então, interpela um homem de Sirene, chamado Simão, para ajudar. Pois um soldado podia requerer que um judeu carregasse algo por até uma milha.

Não demorou muito até chegarem a um lugar chamado Gólgota, uma elevação fora da cidade onde aflorava uma rocha semelhante a uma caveira. Era um local visível que anunciava aos que chegavam à cidade o que acontecia àqueles que desafiavam Roma.

As cruzes ficavam próximas ao chão, permitindo aos animais selvagens acesso aos condenados. No meio do madeiro vertical era fixada uma cavilha de madeira, onde o crucificado podia descansar uma das nádegas, mas isso prolongava o suplício do condenado.

No local já havia dois homens suspensos em cruzes. Havia um poste no espaço entre eles e ali Jesus seria posto.

— Vocês terão uma companhia real. Eis que o rei dos judeus ficará entre vós — disse Júlio àqueles já pregados à cruz.

— E qual o crime dele? — indagou Dimas, que ficaria à direita do novo companheiro de crucificação.

— O sinédrio condenou-o por blasfêmia. Ele diz ser filho do deus de vocês. A propósito, o chefe de vocês será solto. Preferiram crucificar esse aqui a ele.

— Como assim? — indagou Gestos, o outro crucificado.

— Vocês morrerão, calem-se!

Os irmãos faziam parte do bando de Barrabás. Ficavam em Jerusalém e identificavam comerciantes e peregrinos ricos que vinham à cidade. Muitas vezes se infiltravam nas caravanas para, fora da cidade, ajudar o bando a identificar as vítimas. Foram eles que entregaram a localização dos comparsas, escondidos nas proximidades de Cafarnaum.

O processo foi rápido, com a ajuda de escadas, a trave foi pregada no poste. A tábua trazida por Júlio foi posta em um nicho escavado na rocha. Havia alguns e serviam para colocarem as placas de madeira com inscrições que revelavam ao público os crimes dos condenados.

Jesus fora elevado por cordas, os antebraços foram amarrados na trave e pregos de 12cm atravessaram a palma de cada mão. A cavilha fora retirada para apressar a execução. Então, os pés foram sobrepostos e pregados de forma que as pernas ficaram quase paralelas. Foi-lhe oferecido uma mistura de vinho e mirra, para entorpecê-lo. Mas ele provando, recusou.

As execuções eram acompanhadas apenas por poucos curiosos que chegavam à cidade e, quando muito, por alguns parentes dos condenados. Mas no caso de Jesus, homens do sinédrio estavam lá para zombar e constranger os que lhe eram favoráveis, por isso ficaram distantes.

— Ah! tu que derrubas o templo, e em três dias o edificas, salva-te a ti mesmo, e desce da cruz.

E diziam uns para os outros, zombando:

— Salvou os outros, e não pode salvar-se a si mesmo!

— O Cristo, o Rei de Israel, desça agora da cruz, para que o vejamos e acreditemos.

Até mesmo os soldados tomaram as roupas dele e as dividiram em quatro partes, uma para cada um deles, restando a túnica. Esta, porém, era sem costura, tecida numa única peça, de alto a baixo e tiraram a sorte por ela.

— Pai, perdoa-lhes, porque não sabem o que fazem — disse Jesus.

Júlio incomodou-se com a situação. Mandou os soldados dispersarem os zombadores, e com isso os familiares se aproximaram.

— Mulher eis aí o teu filho. João, eis aí a tua mãe! — balbuciou Jesus.

O efeito dos açoites e de tamanho sofrimento agora debilitavam Jesus. A febre, desidratação, a grande perda de sangue, a tortura dos cravos e a coroa de espinhos ainda cravada, tornava o martírio insuportável.

Estava demasiado quente para um dia de primavera e desde a metade da manhã pesadas nuvens cobriam o horizonte. Agora, no meio da tarde, chegavam ao local da crucificação com raios cruzando o céu, produzindo ensurdecedores trovões. Mas, de tão quente, a chuva não chegava ao solo, evaporando ainda na queda.

Alguns raios caíram no alto do monte e pesadas pedras rolaram provocando tremores e fedendo algumas pedras que serviam de porta para as sepulturas escavadas na rocha. Mais tarde correu a notícia que as sepulturas tinham sido abertas e os mortos haviam ressuscitado.

Diante daquele temporal, Júlio decidiu apressar a morte dos condenados e ordenou que os soldados quebrassem as pernas destes, a fim de que o próprio peso terminasse de os sufocar. Mas quanto à Jesus, esse parecia já morto. Então, ele mesmo, cravou uma lança no lado esquerdo que quase alcançou o coração. Morrera de parada cardiorrespiratória decorrente de hemorragia e perda de fluídos corpóreos, o choque hipovolêmico.

A tempestade se fora. Pouco depois das 3h da tarde, chegaram Nicodemos e José de Arimatéia para buscar o corpo, pois tinham obtido a permissão de Pilatos.

Nicodemos levou cerca de trinta e quatro quilos de uma mistura de mirra e aloés. Então, desceram-no, envolveram-no em faixas de linho, juntamente com as especiarias, de acordo com os costumes judaicos de sepultamento e o levaram a um jardim nas proximidades. Nele havia num sepulcro novo, cavado na rocha, pertencente a José de Arimatéia, no qual ninguém ainda fora colocado.

Era o Dia da Preparação para a Páscoa – *Pessach*, que significa passagem. Os judeus comemoravam a saída do Egito naquela noite de quinta, 6 de abril. Portanto, a sexta, 15 de Nisã, seria era um feriado religioso e nada era feito nesse dia, tão pouco no dia seguinte, o sábado - o *shabat*. Por isso a pressa de Nicodemos e José de Arimatéia em retirar o corpo de Jesus da cruz e providenciar o sepultamento.

Para Júlio, o trabalho estava concluído. Um dia longo e cansativo, com mais alguns judeus mortos. Como soldado não cabia questionar, apenas cumprir ordens.

No dia seguinte, Júlio reportou a Pilatos que a execução tinha sido levada a cabo. Os líderes judeus estavam satisfeitos e a cidade em paz. Os sacrifícios no templo, as orações e tudo mais estavam seguindo seu curso.

Na manhã de domingo, logo cedo, Pilatos partiu para Cesareia e Júlio recebeu sua missão. Levar à Cafarnaum as ordens de soltura de Barrabás, bem como trazer à julgamento, para não dizer execução, o restante do bando.

— Júlio, aqui está a ordem para soltar o prisioneiro Barrabás. No dia seguinte a nossa chegada à Cesareia você partirá. Pode haver resistência à soltura, pois ele matou um dos soldados da guarnição.

— Que farei então? — indagou Júlio.

— Nada! Caifás não pediu que o trouxesse. Para ele o que importava era que o nazareno fosse morto. Então, entregue a ordem e diga que o prisioneiro está nas mãos da guarnição. Façam com ele o que quiserem.

— Assim o farei! — disse Júlio.

As ordens eram claras, o destino de Barrabás estava selado. A sua soltura seria uma mera formalidade, face ao acordo que Pilatos propusera aos judeus. Tão logo solto, poderia ser eliminado pela guarnição de Cafarnaum.

Capítulo II

A Ressureição

Nesses tempos, qualquer viagem requeria uma boa organização. Vencer os cerca de 100 Km que separavam Cesareia de Cafarnaum não era uma tarefa fácil para uma tropa. Sob o sol seriam quase quatro dias de marcha, de 25 a 30 km por dia, cada um carregando 20kg de equipamentos.

A centúria comandada por Júlio, como as demais, possuía 80 homens divididos em grupo de oito para os quais eram destinadas barracas que podiam ser ocupadas por até seis soldados de cada vez, já que dois de cada grupo montavam guarda, incluindo tomar conta dos animais.

A tropa seguiria para o norte até Nazaré, metade do caminho. Depois em direção ao Mar da Galileia, também chamado mar de Tiberíades ou lago de Genesaré. Sendo o maior lago de água doce de Israel, com até 19 km de cumprimento e até 13 km de largura, situado a 213 metros abaixo do Mar Mediterrâneo.

As fontes do Jordão, que nascem a algumas dezenas de quilômetros, nas montanhas de Golã, desembocam no lago, saindo dele na parte sul, formando o Rio Jordão, que despeja suas águas no Mar Morto, favorecendo o comércio e o transporte marítimo por toda região.

Cafarnaum fora fundada após o retorno do cativeiro babilônico, na margem noroeste do Mar da Galileia, cercada pelas cidades de Betsaida, Corazim e Genesaré, todas em um raio de cerca de 8 km e distante 16 km de Tiberíades, a principal cidade da Galileia.

Cafarnaum era pequena, com cerca de 1500 habitantes, tinha importância econômica por conta do posto alfandegário onde se recolhiam os impostos sobre a indústria pesqueira e a produção agrícola local, assim como das caravanas que passavam na rota comercial que ligava Damasco com o Mediterrâneo, pelo porto de Cesareia.

A cidade tinha uma guarnição romana e estes tinham um bom relacionamento com os galileus. Era uma relação pacífica, ao ponto de o centurião local ter construído a sinagoga da cidade.

O forte era a maior construção do lugar, com a largura de 50 metros, não era projetado para resistir a um ataque inimigo contínuo, apenas para fornecer um local protegido para acomodação das tropas e armazenamento de alimentos, armas, cavalos e registros administrativos.

Quadrado e com cantos arredondados, as paredes eram de pedras colocadas em cima de uma muralha de terra. Em torno do perímetro havia uma fileira dupla de valas cuja terra fora usada para formar a muralha inclinada.

A parede frontal tinha duas entradas em arco com portas de madeira, que podiam ser trancadas por uma barra transversal no interior, ladeadas por torres de dois andares.

Ao chegar ao forte, Júlio apresentou-se ao oficial, entregando a ordem.

O centurião responsável pela guarnição chamava-se Khaled, sírio de nascimento, recebera cidadania romana por seus serviços prestados. Era um homem experiente e, a despeito da idade, ainda vigoroso. Foi ele quem liderou a captura de Barrabás e seu bando.

— Não compreendo — disse Khaled, meneando a cabeça. Conte-me o que aconteceu para que agora queiram soltar esse homem.

— Os chefes do Sinédrio desejavam a condenação de um certo profeta de Nazaré que andou fazendo tumulto no templo. O prefeito não queria atender-lhes, então propôs que escolhessem crucificar ele ou Barrabás — explicou Júlio.

— Jesus, o nazareno? — indagou Khaled.

— Sim, esse era o nome do profeta. Você o conhecia?

— Sim, vez por outra ficava na cidade e muitas vezes ensinou na sinagoga. O poder de Deus estava nesse homem. Custa acreditar que tenha morrido — lamentou Khaled.

— Morreu crucificado. Concordo que era um homem incomum. Pouco falou, não gritou diante dos açoites. Encarou o seu destino como se assim o quisesse.

— É uma loucura como o destino das pessoas se cruzam.

— Não entendo — disse Júlio.

— Dois verões atrás, havia três dias que um jovem soldado ardia em febre. Nada o fazia melhorar. Foi quando soube que Jesus estava na cidade. Notícias de seus milagres chegaram até a Síria. Muitos enfermos eram trazidos e ele os curava. Então, roguei que os chefes da sinagoga fossem pedir a ele que viesse ver o jovem. E como demoraram, mandei-lhe uns amigos dizendo que não se incomodasse de vir, mas que com uma só palavra ele podia curá-lo. E, de fato, ele assim o fez e o jovem foi curado.

— E o que aconteceu a esse soldado? — indagou Júlio.

— Foi ele quem tombou na captura de Barrabás. Era muito jovem e afoito, achou que podia enfrentá-lo num combate direto. Foi uma grande perda para mim. Me era muito útil. Eu o tomei como um filho. Ainda penso que logo chegará por aquela porta.

O tom de voz e as pausas longas denunciavam o sofrimento do velho soldado. Em parte, sentia-se culpado pelo ocorrido.

— Entendo sua situação. Mas, as instruções são para que liberte o prisioneiro na presença dos líderes da sinagoga local. O que acontecer com ele depois não importa. Entende?

— Mil desculpas centurião. — disse o sobressaltado Khaled — Em meio a minha dor não lhe reportei todos os fatos.

— Fale homem. O que está acontecendo?

— O prisioneiro e seu bando já não estão mais aqui. Há dois dias uma guarnição de Damasco veio buscá-los.

Ao menos duas inovações marcaram o Principado de Tibério. O longo mandato de alguns governadores de províncias e o governo de algumas destas sem a presença física de legados do imperador. Foi o caso de Lúcio Élio Lamia, legado da Síria, iniciado em 21 d.C. Era uma tentativa de administração centralizada, com os governadores em Roma administrando as províncias.

O próprio Tibério não visitou qualquer província após sua nomeação como imperador. A visão que ele tinha do império estava muito centrada em Roma e na Itália, com as províncias entendidas apenas como fontes de tributos e grãos.

Portanto, na prática, o governo em Damasco era exercido pelas instituições romanas ali presentes.

As ações do bando de Barrabás não afetavam só as rotas de peregrinos próxima à Jerusalém, mas também faziam incursões às rotas comerciais da capital da Síria. A execução dos prisioneiros seria uma demonstração de que as estradas estavam seguras e que ninguém estava distante o suficiente da mão do império.

Júlio nada podia fazer. Ir à Damasco e requisitar a liberação do prisioneiro estava fora de cogitação, uma vez que o estratagema de Pilatos logo chegaria aos ouvidos do governador. Além do mais, o destino do prisioneiro realmente não importava.

— Que vai fazer? — indagou Khaled.

— Amanhã retornarei à Cesareia. Sua vingança será feita por Damasco.

— Vingança? Não, meu amigo. O homem que você pregou na cruz ensinava sobre o perdão e o arrependimento dos pecados, como forma de se aproximar de Deus.

— Então, agora você virou judeu, cultuando um deus sem rosto, para o qual sacrifica animais. Roma tem muitos deuses, por que escolher esse?

— Não, Júlio. Não me tornei judeu. Mas conheci esse Deus através do seu profeta Jesus, o nazareno. Eu o vi expulsar demônios, curar paralíticos, cegos e muitos enfermos.

— É a sua idade, você está amolecendo e se enganando com esses truques que fazem nos mercados. Aquele nazareno não fez nenhum truque na cruz e nem esse deus dos judeus fez nada por ele.

— Acho que só com o tempo entenderemos o que aconteceu – ponderou Khaled.

Descansados e reabastecidos, Júlio e sua tropa retornaram à Cesareia, deixando o velho soldado em meio a sua dor e a esperança num deus cujo profeta perecera por suas mãos em Jerusalém.

Ao se apresentar a Pilatos, relatou o ocorrido e sua decisão de retornar sem reivindicar à Damasco a soltura de Barrabás.

— Muito bem Júlio, você fez o certo. Agora temos um outro problema com relação à morte daquele nazareno. Na sua ausência, Caifás e os seus vieram acusar-te de ter tirado aquele homem sem verificar se tinha morrido. Insinuaram que até conspiraste com ele, que expulsasse alguns do sinédrio que acompanhavam a execução para poder tirá-lo da cruz antes que morresse. E agora os seguidores estão noticiando pela cidade que ele ressuscitou dentre os mortos.

— Impossível, eu mesmo enfiei-lhe a lança no seu lado esquerdo.

— Leve um grupo de soldados à Jerusalém e descubra quem está espalhando esses boatos. Mais alguns corpos pendurados no madeiro acabará com essa mentira.

A situação era embaraçosa, o próprio Pilatos poderia ser envolvido nessa trama. Afinal, intercedera pelo nazareno a ponto de propor sua liberdade, com um estratagema fora do comum. Um prisioneiro acusado de sedição, que não tivera um julgamento, nem sua condenação fora documentada. Um manancial para intrigas e acusações junto ao governador.

Por ironia do destino, o único que poderia atestar-lhe idoneidade era Herodes, com o qual, agora, estabelecera certa amizade.

A missão não devia chamar a atenção. Um grupo de trinta soldados seria suficiente para acompanhar Júlio à Jerusalém, cerca de 120 km. Interrogar os seguidores do nazareno e descobrir o destino do corpo desaparecido era o seu objetivo.

Era uma questão de tempo, já se passara muitos dias; logo o corpo estaria decomposto e seria difícil identificá-lo

Os primeiros da lista seriam José de Arimatéia e Nicodemos, ambos membros do sinédrio e responsáveis pelo sepultamento. O primeiro era importador de estanho, metal essencial para a fabricação do bronze e em razão dos negócios não estava na cidade. As atenções de Júlio voltaram-se para o sacerdote Nicodemos, convidado à fortaleza de Antônia para uma conversa, por assim dizer.

— O senhor sabe dos rumores sobre o nazareno, o corpo não foi encontrado. Qual a sua participação nessa história? — questionou Júlio.

— Eu sou um sacerdote, apenas ajudei nos ritos funerários. O corpo foi posto no sepulcro, nada sei depois disso — respondeu Nicodemos.

— Onde está o José de Arimatéia e o que esperam ganhar com essa história?

— Ele é um homem de negócios, por esta época deve estar em algum porto, enquanto o tempo for propício à navegação, ao menos até o inverno. Os negócios dele com o império são a razão de sua riqueza. Quanto a mim, não tenho recursos e dependo do serviço no templo. Nada ganhamos indo contra Roma ou o Templo.

— O senhor sabe que podemos ser mais persuasivos. O fato de ser sacerdote pode ser esquecido... E sei que tem muito a ganhar, se os seguidores do nazareno colocarem o povo contra o sumo sacerdote. É o mais destacado dos fariseus, um partido que é minoria dentro de um sinédrio, dominado pelos saduceus. Seu amigo José de Arimatéia poderia usar de sua influência com Roma para colocá-lo no lugar de Caifás.

— Eu já estou velho, não tenho essa ambição — protestou Nicodemos.

— A ambição é uma deusa que não pretere seus servos por sua idade. Eu quero nomes sacerdote, nomes! — exclamou Júlio em tom ameaçador.

— Mas eu já falei que nada sei. Nomes? Que nomes posso lhe dar? Eu só estive com o nazareno uma vez antes de ser preso. Quer os nomes dos seguidores? Pergunte a Caifás.

— Muito bem. Se houver um próximo encontro, não virá aqui na condição de sacerdote — ameaçou Júlio.

O interrogatório, até aqui, nada revelou quanto ao destino do corpo, mas o fato de saber que Caifás também fazia suas próprias investigações chamou a atenção de Júlio.

— Também me interessa saber o destino do corpo, digo a verdade — ponderou Nicodemos.

— Diga-me então, qual o motivo de seu encontro com o profeta? O que Caifás queria que descobrisse?

— Depois do incidente com os cambistas, à noite, fui ver o Jesus de Nazaré, ninguém me mandou. A chegada dele à Jerusalém causou alvoroço. Por toda Judeia os chefes das sinagogas reportavam milagres. Ninguém pode realizar os sinais miraculosos que ele fazia, se Deus não estiver com ele.

— Como em Cafarnaum? — indagou Júlio.

— Muitas coisas aconteceram naquela cidade. Há relatos da cura de um paralitico que desceram pelo teto da casa, amarrado ao catre, e este saiu de lá levando-o, como se nunca estivera entrevado. Houve até uma criança morta que ele ressuscitou quando ainda era levada para o tumulo.

— E o que descobriu do nazareno?

— Se não fosse pelos sinais, ninguém o seguiria. Falava por parábolas. Dizia, por exemplo, que não se podia ver o Reino de Deus se não nascesse de novo. Falava que ninguém jamais subiu ao céu, a não ser aquele que veio do céu: o Filho do homem. Eu nada sabia responder.

— É fato, o senhor tem dificuldade em dar as respostas — concluiu Júlio.

Finda a conversa, Júlio precisava interrogar Caifás acerca de sua trama contra o Nazareno, mas não podia fazê-lo diretamente. Então, lembrou-se do servo dele, chamado Malco, tratando de mandar trazê-lo sob ameaça.

— Digo, se não me der respostas, não verá o sol novamente. O que sabe sobre Jesus, o Nazareno — disse Júlio enraivecido.

— Eu não sei por que o queriam morto. Mas sei das ciladas que fizeram para o pegar. Ouvi que perguntaram ao nazareno se era certo pagar tributo. Ele tomou uma moeda e apontou para a imagem do imperador e disse "Daí a César o que é de César e a Deus o que é de Deus".

Aquela informação era importante, uma das acusações contra Jesus parecia sem fundamento.

— E quanto as afirmações de que queria ser rei? — indagou Júlio.

— Disso não sei, mas na mesma semana da captura, houve um adultério. Um costume antigo era o apedrejamento de ambos, mas só levaram a mulher. Eu estava lá quando insistiram para que ele julgasse o caso, como um rei assim o faria. Ele apenas disse que quem estivesse sem pecado que atirasse a primeira pedra.

— E o que aconteceu? Indagou Júlio.

— Nada! Quem não tem pecado? Todos foram embora. A mulher não era importante. Só desejavam que a julgasse, para assim condená-lo. Ou por negligenciar a Lei ou por ordenar uma execução capital.

Aquele servo era mais que um simples serviçal. Um judeu instruído cujas dívidas o levaram a vender suas terras e a si mesmo. Não era um caso isolado. Roma nomeava ou destituía o sumo sacerdote, fazendo com que esta função se transformasse em um cargo romano. Inclusive retendo as vestes sagradas, entregando-as ao sumo sacerdote somente por ocasião das festas religiosas, sendo recolhidas ao término. Esses e outros cargos eram conquistados tão somente pela capacidade de arrecadação de impostos, numa espécie de leilão do direito de exploração.

A maioria dos camponeses não tinham condição de pagar a alta quantidade de impostos, resultando em um alto endividamento, gerando a perda das terras e aumento da escravização destes.

A dívida contraída com empréstimos acrescentava juros assim como as dívidas contraídas por causa dos impostos. O aumento da dívida e a dificuldade ou impossibilidade de quitá-la no prazo estabelecido tinha como consequência várias ameaças como tortura ou até mesmo a prisão. Esta prisão poderia ser estendia aos membros da família, como filhas e filhos.

As dívidas não se extinguiam com a morte do devedor, a família deste era responsável, e isso colocava as viúvas em situação precária juntamente com seus filhos.

O sistema era eficiente na medida que Roma controlava as elites, para as quais eram distribuídas benesses. Essas elites eram as detentoras de terras ou de influência religiosa, como a classe sacerdotal. Assim, criava-se uma nítida divisão nos povos conquistados, dificultando uma possível revolta.

Júlio acertou ao convocar o servo de Caifás. Ele não tinha lealdade ao seu senhor, era mais uma vítima do sistema, pronto para falar o que sabia.

— Se não conseguiam motivo, como o prenderam? — indagou Júlio.

— Um dos espias de Anás viu que um dos seguidores roubou uma banca durante a confusão no templo. Era um tal Judas, da cidade de Kerioth na Judeia. Deram-lhe trinta moedas de prata para que, à noite, ele identificasse o nazareno para os soldados do templo, e muito mais lhe dariam se testemunhasse contra ele.

A semana da Páscoa evocava um sentimento de liberdade, momento propício para incitar uma revolta. Prender Jesus durante o dia poderia ser o estopim da revolta, além de não ser nada prático. Mas fácil à noite, mas era preciso identificá-lo rapidamente, evitando uma fuga.

— Não vi esse Judas testemunhar — disse Júlio.

— Verdade. Enquanto trazíamos o prisioneiro para cá — a Fortaleza de Antônia — ele esteve no Templo. Arrependido, jogou as moedas nos sacerdotes. Mais tarde o encontraram enforcado numa figueira.

— Era um traidor, teve o que mereceu — ponderou Júlio.

— Era um homem instruído. Talvez tivesse dívidas e, quem sabe, no desespero aceitou a oferta.

— E o que sabe sobre os demais seguidores, teriam a capacidade de esconder o corpo?

— Os boatos são que as mulheres que o acompanhavam foram ao túmulo no domingo e este estava já aberto e que uma delas falou com ele.

— Mulheres? O testemunho delas de nada vale. Me acusaram de deixar o nazareno vivo baseado na palavra de uma mulher?

— É o que dizem. Mas os seguidores do nazareno sumiram, ninguém sabe onde estão escondidos. Mas, com certeza, estão na cidade.

— Você acredita nesses boatos? — indagou Júlio.

— Quando fomos capturar o nazareno um dos seguidores feriu-me de raspão. O nazareno o repreendeu e pôs a mão sobre minha orelha. O sangramento parou imediatamente, nem cicatriz restou. Não sei que truque ele fez, mas sair vivo daquela cruz, após aqueles açoites, não seria possível.

Nesse momento, irrompeu Caifás, no pretório.

— Vim buscar o meu servo. Não autorizei esse interrogatório.

— Tenho autoridade para isso. Mas, já acabamos — respondeu Júlio.

Deveria estar lá fora, na cidade, em busca dos seguidores, ou do próprio Jesus, se continua vivo.

— Digo que não saiu vivo daquela cruz — insistiu Júlio.

— Mandei meus espiões espalharem no mercado a informação de que soldados que estavam na guarda do túmulo dormiram, dando oportunidade para os seguidores levarem o corpo. Se estiver vivo, terá de se mostrar, senão será esquecido pelo povo.

— O corpo já pode estar enterrado ou comido por animais — disse Júlio.

— Centurião, um homem na minha posição não pode contar com a sorte. Eu tenho um espião entre eles chamado Barsabás. É um homem justo e um bom judeu. Foi seduzido pela pregação do nazareno, mas agora o coração dele está no templo e ele logo trará notícias.

Caifás sabia que mesmo dentro do sinédrio havia muitos que simpatizavam com Jesus, assim com dentre o povo. Mas a vida na cidade girava em torno do templo, sem o qual Jerusalém desapareceria.

Para Júlio, a questão era encontrar onde o corpo estaria enterrado e para isso precisava encontrar os seguidores. Os espias por toda Jerusalém estavam em alerta.

Finda mais uma semana, Júlio retornou à Cesareia sem maiores progressos. No entanto, algumas semanas depois, chegou um informe de Khaled noticiando que em Cafarnaum e cidades ao redor, corria a notícia da ressurreição de Jesus, porém nem ele e nem os seguidores apareceram em Cafarnaum. Mas soube que haviam visto alguns dos pescadores em Tiberíades.

Khaled também juntou informações acerca dos seguidores, todos nascido na região da Galileia menos um. Os pescadores Pedro e André filhos de Jonas, sócios de Tiago e João filhos de Zebedeu, O cobrador de impostos Mateus e seu irmão Tiago filhos de Alfeu, Bartolomeu filho de Tolmai, Judas filho de Lebeu. Além de Tomé, Felipe, Simão e Judas filho de Simão que se enforcara, este nascido na Judeia.

Quanto a Jesus, seu pai morrera no tempo da reconstrução de Séforis e sua mãe, chamada Maria, ainda morava com as filhas em Caná da Galiléia. Seus irmãos Tiago, José, Simão e Judas continuaram o ofício do pai e eram muito requisitados nas redondezas de Cafarnaum.

Isso explicava por que os espiões não localizaram os seguidores de Jesus na cidade. Agora, passados quase dois meses, Júlio retornou à

Jerusalém acompanhando Pilatos, que queria ver o progresso das obras de pavimentação. Em especial uma das ruas que tinha 600 metros de extensão com 8 metros de largura e consumira dez mil toneladas de calcáreo. A famosa cidade atraía não apenas peregrinos judeus, mas visitantes de todo o Império Romano e Pilatos queria que retornassem impressionados com sua administração.

Ainda pairava sobre a cabeça de Júlio a culpa por não haver achado o corpo. De pronto, mandou soldados fazerem novas incursões no mercado e nas proximidades das sinagogas, na tentativa de localizar os discípulos.

Logo trouxeram um homem à sua presença para interrogatório. Mas como se recusava a falar, mandou-o para a prisão sob açoites. Sob tortura, pronunciou o nome de Caifás; que ele intercederia em seu favor.

Assim, Júlio mandou chamar Caifás informando-o de que um prisioneiro podia revelar algo sobre o corpo do nazareno.

— Júlio, este é Barsabás, aquele de quem lhe falei — disse Caifás.

— Eu quero respostas! Onde está o corpo?

Caifás tratou de acalmar a situação e aos poucos obteve toda a história.

— Vamos, conte-nos tudo e logo sairás daqui — prometeu Caifás.

— Após a morte do mestre, na segunda-feira começaram os boatos. Ninguém falava abertamente que o havia visto e isso durou toda a semana. Disserem que apareceu para as mulheres que foram à sepultura no domingo; depois que apareceu de repente no meio de uma reunião na casa de um dos seguidores chamado João, o que esteve junto a cruz. E, finalmente, na outra semana apareceu aos demais. Eu não estava em nenhuma destas ocasiões.

— Mas que bobagem é essa? Onde está o corpo? — questionou Júlio.

— Eu também achei que era mentira, por isso procurei o Sumo Sacerdote, pois me sentia enganado. A essa altura todos já havíamos voltado aos nossos afazeres. Foi então que ele apareceu aos pescadores à beira mar em Tiberíades, ordenando que voltassem a Jerusalém e reunissem os seguidores. Durante semanas nos reuníamos esperando que aparecesse, conforme os outros tinham dito. Estávamos vindo de Betânia e paramos no monte das oliveiras, quando ele apareceu. Eu não tirei os olhos de suas feridas, mal ouvia o que dizia. Era final de tarde e quando vimos, foi se elevando ao céu até não vermos mais. Então dois homens vestidos de branco apareceram entre nós e disseram "Galileus, por que vocês estão olhando para o céu? Este mesmo Jesus, que dentre vocês foi elevado ao céu, voltará da mesma forma como o viram subir". Depois disso decidiram escolher um substituto para o que se enforcara. Puseram meu nome e o de um certo Matias em oração e ele foi o escolhido mediante sorteio.

— Seu testemunhou nos foi muito útil. Por favor, Centurião, liberte o prisioneiro. — Rogou Caifás.

Após a saída da testemunha, Júlio protestou.

— Que informante é esse que nos traz um monte de mentiras. Deveria pô-lo a ferros e insistir com a tortura!

— Não, por favor. Ele ainda nos será útil. Agora sabemos que o nazareno está morto e que o querem comparar ao profeta Elilas, dizer que foi arrebatado aos céus. É a desculpa perfeita para o sumiço do cadáver — resumiu Caifás.

— Então, não tenho mais o que provar — disse Júlio.

Caifás entendia que manter o interesse de Roma no caso somente resultaria em distúrbios na cidade. Agora era um problema local e esperava que logo o nazareno fosse esquecido.

Na saída da prisão, Júlio foi abordado por Nicodemos.

— Centurião, preciso falar-lhe.

— O que quer falar, fale aqui — disse Júlio.

— Não é conveniente, as ruas têm ouvidos — insistiu Nicodemos.

Ambos caminharam pelas vielas estreitas e sujas, atravessando a cidade sob olhares atentos.

— O que tem para me falar sacerdote? — indagou Júlio.

— Jesus ressuscitou dos mortos. É o sinal de Jonas!

— Homem, você atravessa a cidade para me dizer essa bobagem. Acha que sou tolo? — irritou-se Júlio.

— Não, não. O que estou dizendo é que agora compreendo o que ele dizia. O que para mim antes parecia loucura agora faz sentido.

— Antes você não podia dar nenhuma resposta, agora fala demais!

— Escute! Jesus chegou à Jerusalém e lhe pediram um sinal, como os que fazia em Cafarnaum. Então ele disse que nenhum sinal faria senão o sinal do profeta Jonas, que passou três dias no ventre de um grande peixe. Assim ele ficou três dias naquela sepultura e então se levantou dentre os mortos.

— Agora também você crê que ele subiu ao céu — falou Júlio, zombando.

— Isso. Agora faz sentido, quando disse que precisava nascer de novo. É uma nova visão do Reino de Deus, não se trata dessa vida, mas uma promessa de eternidade.

— Seja como for, esse assunto agora é de vocês. Caifás tinha me acusado de ter tirado o nazareno vivo daquela cruz. Agora nos entendemos e para mim é o fim.

— Creia, não é o fim. Ele é o ungido, o servo fiel que o profeta Isaias descreveu. Tudo na nossa Lei aponta para ele. Então essa história não acabou, pois Deus ficou em silencio por muito tempo.

— Cuidado sacerdote, para que seu deus não fale contra Roma.

Para Júlio havia sido uma perda de tempo. Como soldado, não estava interessado em compreender o que esse ou aquele profeta dizia.

Não cria em deuses ou profetas, apenas no poder da espada. Desde pequeno conhecera a dureza da vida e que apenas os mais fortes sobreviviam e dominavam. Era um sobrevivente e tinha tido muita sorte de ter servido à família de Pilatos.

Deixara em Roma apenas uma irmã mais nova, para a qual enviava parte de seus ganhos. Ambos acolhidos pela família de Pilatos, servos desde a mais tenra idade, não conheceu outra coisa senão a dureza da vida e a necessidade de obedecer, sempre.

Capítulo III

A Diáspora

Herodes, o grande, não poupou gastos com a construção do Templo, também construiu em Jerusalém três outras grandes estruturas para entretenimento. O teatro, destinado as performances teatrais e musicais, o anfiteatro, destinado aos espetáculos dos gladiadores e animais, e o hipódromo, onde aconteciam as corridas. Tendo feito uso destes quando da realização dos jogos olímpicos, por ele organizados tanto em Jerusalém como em Cesareia.

A influência greco-romana era visível por toda cidade, resultante do desejo do soberano de helenizar os judeus e o judaísmo. Jerusalém tornou-se uma cidade helenística, embora sem a presença de santuários pagãos, estátuas ou imagens.

A cidade era um centro urbano próspero e não apresentava as mesmas características de outras ricas cidades do império. Essa prosperidade não era decorrente da exploração do espaço rural das colinas da Judeia, muito pobres e afastadas da costa para o desenvolvimento do comércio com outras regiões. Jerusalém não se localizava em nenhuma grande rota de comércio, como Antioquia, capital da Síria, cuja riqueza se devia a grande circulação de mercadorias do oriente em direção a Roma e no sentido inverso. A economia também não se devia a presença da realeza, uma vez que o poder estivera baseado em outros centros urbanos. Era sim, derivada única e exclusivamente de sua santidade, concretizada pela existência do templo no monte mais alto da cidade que atraía milhares de peregrinos, principalmente no período das festas religiosas.

Herodes, o grande, a pretexto de financiar a construção do Templo, resgatou a contribuição anual de cada judeu, prescrita pelo patriarca Moisés acerca do recenseamento, no valor de meio siclo e cobrada tanto dos judeus na Palestina quanto daqueles residentes na diáspora, para os quais a existência do Templo, ainda que inacabado, era motivo de orgulho.

Era sábado, o pátio do Templo estava repleto de Partos, Medos e Elamitas; habitantes da Mesopotâmia, Judeia e Capadócia, Ponto e da província da Ásia, Frígia e Panfília, Egito e das partes da Líbia próximas a Cirene; visitantes vindos de Roma, tanto judeus como convertidos ao judaísmo; cretenses e árabes.

Então, no meio da multidão, um grupo se formou quando alguém começou a falar.

— O profeta Joel disse-nos que nos últimos dias, Deus derramaria do seu Espírito sobre todos os povos. Os seus filhos e as suas filhas profetizariam, que os jovens teriam visões, os velhos teriam sonhos. Que sobre os seus servos e servas derramaria do seu Espírito naqueles dias, e eles profetizariam. Que todo aquele que invocasse o seu nome seria salvo!

E como que hipnotizasse seus ouvintes, ganhava a atenção de todos. E continuou.

— Israelitas, Jesus de Nazaré foi aprovado por Deus diante de vocês por meio de milagres, maravilhas e sinais, que Deus fez entre vocês por intermédio dele. Este homem lhes foi entregue por propósito determinado e conhecido de Deus; e vocês o mataram, pregando-o na cruz. Mas Deus o ressuscitou dos mortos, rompendo os laços da morte, porque era impossível que a morte o retivesse. Irmãos, posso dizer-lhes com franqueza que o patriarca Davi morreu e foi sepultado, e o seu túmulo está entre nós até o dia de hoje. Mas Deus lhe prometera que colocaria um dos seus descendentes em seu trono. Prevendo isso, falou da ressurreição do Cristo, que não foi abandonado no sepulcro e cujo corpo não sofreu decomposição. Deus ressuscitou este Jesus, e todos nós somos testemunhas desse fato. Arrependam-se, e cada um de vocês seja batizado em nome de Jesus Cristo, para perdão dos seus pecados, e receberão o dom do Espírito Santo.

Aquele discurso não passou desapercebido. Logo chegou aos ouvidos de Anás e de Caifás, através de seus espiões infiltrados na multidão.

— Dois meses desde a morte do nazareno e seus seguidores ainda estão na cidade! — disse o exaltado Anás.

— Eu os tenho monitorado. Até agora se mantinham às escondidas orando nas casas uns dos outros. Mas agora estão no pátio do Templo promovendo alvoroço, anunciando o nazareno como o Messias. Se não os impedirmos, logo surgirá um novo partido — disse Caifás.

A nação judaica tinha seus grupos, cada um com sua doutrina, ideologia e tradições distintas; movidos por motivações ora políticas, ora religiosas. Os saduceus, fariseus, essênios, zelotes e herodianos formavam os principais partidos políticos e seitas religiosas.

Os herodianos defendiam a dominação romana na Palestina, pois estavam a serviço de Herodes e eram os mais ferrenhos perseguidores dos movimentos subversivos, uma vez que deviam seu poder às forças romanas de ocupação.

Os fariseus formavam um partido mais próximo ao povo, conhecidos pela intransigência e rígida observação da Lei. Acreditavam na ressurreição, nos anjos e aguardavam o Messias. Formado basicamente por pessoas da classe média, muitos escribas, e com grande influência entre o povo. Valorizavam mais a tradição oral do que a literalidade da lei. Além de dar grande valor às tradições religiosas, como o lavar as mãos antes das refeições. Entretanto, eram avarentos e, em suas orações, gostavam de se vangloriar de seus atributos morais, amantes dos primeiros lugares, hipócritas e condutores cegos, pois a religiosidade deles estava baseada no exterior, nos rituais e na justiça própria, em desprezo à parte mais importante da Lei: o juízo, a misericórdia e a fé.

Os saduceus formavam um partido religioso que detinha o poder econômico e político, e compunha-se da maioria dos sacerdotes. Favoráveis à presença romana, eram materialistas e não acreditavam na ressurreição, nem nos anjos. Apesar de ser minoria, os saduceus representavam a aristocracia dominante do judaísmo. O nome originou-se de Sadoc, o pai da linhagem de sumo sacerdotes durante o reinado de Salomão. Eram o escalão superior dos sacerdotes e parte do Sinédrio, exercendo, por isso, grande influência política.

Diferente dos fariseus, os saduceus aceitavam somente a Lei escrita, a Torá. Por influência do helenismo e da cultura pagã, era uma religião materialista e secularizada, que negava a existência do mundo espiritual, não acreditando na ressurreição dos mortos, menos ainda numa vida futura. A vida para eles, portanto, se resumia ao aqui e agora, sobre a qual Deus não tinha nenhuma interferência.

Os essênios eram um grupo originalmente ligado ao clero de Jerusalém que se afastou em protesto, retirando-se para o deserto a fim de encarnar uma vivência genuína da fé judaica, com vida comunitária intensa e cultivo da esperança messiânica. Rejeitavam Herodes, o Templo e os Fariseus, acreditando que Deus enviaria dois Messias, um sacerdote e o outro rei. Intitulavam-se "os filhos da luz", e seriam utilizados pelos Messias para restabelecer o reino de Israel. Eles protestaram contra os Saduceus e sua gestão corrupta do Templo e contra os Fariseus por causa de suas tradições e abordagens inovadoras na interpretação da Torá.

Os zelotes acreditavam que a submissão aos romanos era uma traição a Deus e se opunham à dominação romana apelando à violência, com sequestros e assassinatos de opositores políticos. Os sicários carregavam um punhal escondido e constituíam a ala mais radical do movimento.

— A cidade está alvoroçada com tantos peregrinos para as festas de Pentecostes. Entre esses agitadores há zelotes que podem promover ataques em retaliação à morte do nazareno — disse Anás.

— Mandarei os guardas do Templo trazerem o agitador Simão Pedro. Agora ele é o líder do grupo. Um pescador ignorante, mal fala aramaico, não sei como conseguiu a atenção dos estrangeiros de fala grega.

Com a construção do Templo, Herodes, o grande, incentivou o retorno dos judeus do exílio. Muitos não falavam aramaico, a língua do povo, e eram muito influenciados pela cultura greco-romana. O hebraico era a língua usada pelos sacerdotes durante os atos religiosos praticados no Templo e nas sinagogas. Mas, até mesmo eles, faziam uso da língua grega no dia a dia.

No outro dia, os discípulos Pedro e João subiam ao templo na hora da oração, às três horas da tarde, ao tempo que estava sendo levado para a porta do templo chamada Formosa um aleijado de nascença, que ali era colocado todos os dias para pedir esmolas aos que entravam no templo.

Vendo que Pedro e João iam entrar no pátio do templo, pediu-lhes esmola. Eles olharam bem para ele e, então, Pedro disse: "Olhe para nós!" O homem olhou para eles com atenção, esperando receber deles alguma coisa. Disse Pedro: "Não tenho prata nem ouro, mas o que tenho, isto lhe dou. Em nome de Jesus Cristo, o Nazareno, ande".

Segurando-o pela mão direita, ajudou-o a levantar-se, e imediatamente os pés e os tornozelos do homem ficaram firmes. E de um salto pôs-se de pé e começou a andar entrando com eles no pátio do templo, andando, saltando e louvando a Deus.

Quando todo o povo o viu andando e louvando a Deus, reconheceu que era ele o mesmo homem que costumava mendigar sentado à porta do templo chamada Formosa. Todos ficaram perplexos e muito admirados com o que lhe tinha acontecido.

Apegando-se o mendigo a Pedro e João, todo o povo ficou maravilhado e correu até eles, ao lugar chamado Pórtico de Salomão.

Então Pedro começou a falhar-lhes.

— Israelitas, por que isto os surpreende? Por que vocês estão olhando para nós, como se tivéssemos feito este homem andar por nosso próprio poder ou piedade? O Deus de Abraão, de Isaque e de Jacó, o Deus dos nossos antepassados, glorificou seu servo Jesus, a quem vocês entregaram para ser morto e negaram perante Pilatos, embora ele tivesse decidido soltá-lo. Vocês negaram publicamente o Santo e Justo e pediram que lhes fosse libertado um assassino. Vocês mataram o autor da vida, mas Deus o ressuscitou dos mortos...

Enquanto Pedro e João falavam ao povo, chegaram os sacerdotes, o capitão da guarda do templo e os saduceus. Eles estavam muito perturbados porque estavam ensinando o povo e proclamando em Jesus a ressurreição dos mortos.

Agarraram Pedro e João e, como já estava anoitecendo, os colocaram na prisão até o dia seguinte, quando foram postos diante do Sinédrio, juntamente com aquele que dantes era aleijado.

— Com que autoridade vocês fizeram isso? — indagou Caifás.

Então Pedro começou a falar.

— Visto que hoje somos chamados para prestar contas de um ato de bondade em favor de um aleijado, sendo interrogados acerca de como ele foi curado, saibam que foi por meio do nome de Jesus Cristo, o Nazareno, a quem os senhores crucificaram, mas a quem Deus ressuscitou dos mortos, este homem está aí curado diante dos senhores. Este Jesus é a pedra que vocês, construtores, rejeitaram, e que se tornou a pedra angular. Não há salvação em nenhum outro, pois, debaixo do céu não há nenhum outro nome dado aos homens pelo qual devamos ser salvos.

Aquele homem, que agora altivamente proclamava que seu mestre era o messias esperado, na noite em que este fora preso foi três vezes acusado de estar entre os seguidores. Negou veementemente, tendo fugido do pátio onde Jesus era interrogado.

Todos no Sinédrio sabiam que eram homens comuns e sem instrução, que haviam estado com Jesus. Mas como podiam ver ali com eles o homem que fora curado, nada podiam dizer contra eles. Assim, ordenaram que se retirassem do Sinédrio e começaram a discutir a questão.

— Que faremos com esses homens? — Indagou Anás.

— Todos os que moram em Jerusalém sabem que eles realizaram um milagre notório que não se pode negar — disse Nicodemos, querendo defender os discípulos de Jesus.

— Sim, Deus manifestou seu poder na vida desse aleijado. Mas não por interferência desses ignorantes ou do mestre já falecido deles — ponderou Caifás.

— Para impedir que isso se espalhe ainda mais entre o povo, proibamos que falem sobre esse nome — disse Anás.

Então, chamando-os novamente, ordenaram-lhes que não falassem nem ensinassem em nome de Jesus. Mas Pedro não se calou.

— Julguem os senhores mesmos se é justo aos olhos de Deus obedecer aos senhores e não a Deus. Pois não podemos deixar de falar do que vimos e ouvimos.

Depois de mais ameaças, eles os deixaram ir. Não tinham como castigá-los, porque todo o povo estava louvando a Deus pelo que acontecera. Pois o homem que fora curado milagrosamente tinha mais de quarenta anos de idade.

— Vão! E, se voltarem a pregar que o nazareno era o messias de novo, serão presos e açoitados — proclamou Caifás.

Quando foram soltos, Pedro e João voltaram para os seus e contaram tudo o que os chefes dos sacerdotes e os líderes religiosos lhes tinham dito.

Depois de orarem, tremeu o lugar em que estavam reunidos; todos ficaram cheios do Espírito Santo e anunciavam corajosamente a palavra de Deus junto ao Pórtico de Salomão, onde realizavam muitos sinais e maravilhas entre o povo.

Em número cada vez maior, homens e mulheres criam em Jesus e lhes eram acrescentados, de modo que o povo também levava os doentes às ruas e os colocava em camas e macas, para que pelo menos a sombra de Pedro se projetasse sobre alguns, enquanto ele passava. Afluíam também multidões das cidades próximas a Jerusalém, trazendo seus doentes e os que eram atormentados por espíritos imundos; e todos eram curados.

Caifás reuniu o Sinédrio, mas aqueles que sabia serem simpatizantes de Jesus já não mais eram convocados, sendo afrontados e impedidos de participarem.

— A situação está saindo do controle. Com a cidade cheia de peregrinos e tantos milagres sendo realizados, chegará o momento que o Templo não terá propósito. Quem mais haverá de fazer sacrifícios?

— Sim, Caifás está certo. Por gerações temos cumprido a Lei de Moisés, que à recebeu diretamente de Deus. Esse Jesus não era maior

Moisés. Se seus seguidores realizam esses sinais não é pelo morto, mas por Belzebu, príncipe dos demônios — argumentou Anás.

Então o sumo sacerdote e os seus companheiros, membros do partido dos saduceus, cheios de inveja, mandaram prender os apóstolos – o grupo mais íntimo dos seguidores de Jesus, colocando-os numa prisão pública.

Mas durante a noite um anjo do Senhor abriu as portas do cárcere, levou-os para fora e disse: "Dirijam-se ao templo e relatem ao povo toda a mensagem desta Vida".

Ao amanhecer, eles entraram no pátio do templo, como haviam sido instruídos, e começaram a ensinar ao povo.

Quando chegaram, Caifás e Anás convocaram o Sinédrio e mandaram buscar os apóstolos na prisão.

Todavia, ao chegarem à prisão, os guardas não os encontraram ali. Então, voltaram e relataram: "Encontramos a prisão trancada com toda a segurança, com os guardas diante das portas; mas, quando as abrimos não havia ninguém".

Diante desse relato, o capitão da guarda do templo e os chefes dos sacerdotes ficaram perplexos, imaginando o que teria acontecido.

Nesse momento chegou alguém e disse: "Os homens que os senhores puseram na prisão estão no pátio do templo, ensinando ao povo".

Então, indo para lá com os guardas, o capitão trouxe os apóstolos, mas sem o uso de força, pois temiam que o povo os apedrejasse.

— Demos ordens expressas a vocês para que não ensinassem essa doutrina. Todavia, vocês encheram Jerusalém com sua doutrina e nos querem tornar culpados do sangue do nazareno.

— É preciso obedecer antes a Deus do que aos homens! O Deus dos nossos antepassados ressuscitou Jesus, a quem os senhores mataram, suspendendo-o num madeiro. Deus o exaltou, colocando-o à sua direita como Príncipe e Salvador, para dar a Israel arrependimento e perdão de pecados. Nós somos testemunhas destas coisas, bem como o Espírito Santo, que Deus concedeu aos que lhe obedecem — disse Pedro.

Ouvindo isso, eles ficaram furiosos e queriam matá-los. Mas um fariseu chamado Gamaliel, mestre da lei, respeitado por todo o povo, levantou-se no Sinédrio e pediu que os homens fossem retirados por um momento. Então lhes disse:

— Israelitas, considerem cuidadosamente o que pretendem fazer a esses homens. De tempos em tempos aparece alguém reivindicando ser o messias, se juntam a ele alguns seguidores que logo se dispersam com sua morte. Portanto, neste caso eu os aconselho que deixem esses homens em paz e soltem-nos. Se o propósito ou atividade deles for de origem humana, fracassará; se proceder de Deus, vocês não serão capazes de impedi-los, pois se acharão lutando contra Deus.

Convencidos pelo discurso de Gamaliel, chamaram os apóstolos e mandaram açoitá-los. Depois, ordenaram-lhes que não falassem em nome de Jesus e os deixaram sair em liberdade.

Os apóstolos saíram do Sinédrio, alegres por terem sido considerados dignos de serem humilhados por causa do nome de Jesus.

Finda as festividades, uma grande multidão voltou às suas terras distantes levando a boa nova, o evangelho de Jesus, que de forma miraculosa tinham ouvido em sua própria língua durante a festa de Pentecostes, celebrada sete semanas após a Páscoa, que inicialmente comemorava o fim das colheitas.

Jesus ensinava ser o caminho, que ninguém chegaria ao Pai senão por Ele. Assim foram chamados seguidores do Caminho.

Notícias chegavam das sinagogas dando conta que os seguidores do Caminho pregavam a nova doutrina e realizavam sinais em nome de Jesus de Nazaré. Da multidão dos que criam, uma era a mente e um o coração, e ninguém considerava unicamente sua coisa alguma que possuísse, mas compartilhavam tudo o que tinham.

Não havia pessoas necessitadas entre eles, pois os que possuíam terras ou casas as vendiam, traziam o dinheiro da venda e o colocavam aos pés dos apóstolos, que o distribuíam segundo a necessidade de cada um.

As reuniões de casa em casa eram usadas para evangelizar e as sinagogas eram o ponto de reunião das congregações. De forma que, no princípio, as pessoas se convertiam ao judaísmo e observavam suas leis, mas também a nova doutrina ensinada pelos apóstolos. Isso, mais à frete, provocaria as primeiras divisões dentro da primitiva igreja, assim como uma ruptura final com o judaísmo e uma vindoura perseguição.

Havia a expectativa do retorno de Jesus e, para alguns, seria o momento que a nação judaica seria restaurada e os romanos expulsos. À medida que os meses passavam, imaginavam que na próxima páscoa haveriam de vê-lo novamente.

Com a chegada da Páscoa, Caifás apelou à Pilatos que prendesse os apóstolos.

— Não! Um ano depois e você ainda se ocupa desse assunto. Não vou provocar tumulto na cidade — disse Pilatos.

— Esses agitadores se aproveitam dos peregrinos para disseminar a doutrina do nazareno, logo não teremos controle. Então se voltarão contra Roma — argumentou Caifás.

— O inverno não foi bom e as colheitas pouco produziram. Graças aos seguidores do nazareno, as pessoas são alimentadas e suas sinagogas nunca estiveram tão cheias. Reclamas sem razão!

— Melhor que morressem de fome a corromperem nossa Lei!

— Não vejo o Sinédrio, os homens ricos de Jerusalém, matarem a fome dos que necessitam.

— Esses, que se dizem apóstolos, fazem proselitismo com o dinheiro do próprio povo. Um casal de idosos, Ananias e Safira, venderam suas posses, e como não puseram todo dinheiro aos pés deles, apareceram mortos misteriosamente.

— Talvez vocês estejam mais preocupados nesta Páscoa com o decréscimo dos sacrifícios e a queda nas receitas.

— Devo lembrá-lo, Procurador, que as rendas do Templo enchem os cofres de Cesareia e financiam as obras de sua excelência.

— Não é hora de problemas na província. Tenho notícias de que o governador Lúcio Lamia foi posto pelo Imperador Tibério Cláudio como prefeito urbano de Roma. Logo teremos um novo legado imperial na Síria, Lúcio Pompônio Flaco, que deverá se estabelecer em Damasco.

— Entendo que Lamia, governando desde Roma, lhe era mais conveniente. Talvez esteja sua excelência menos preocupado com a queda nas receitas, que com um governador mais presente na província.

— Cause problemas e sua cabeça também vai rolar, não me teste!

Em casa, seu sogro Anás, já vinha a muito inquieto com a situação.

— O que fará Pilatos? — Indagou Anás.

— Pilatos não quer problemas até a chegada do novo governador.

— Caifás! É hora de pensarmos no futuro. Precisamos de fiéis defensores da Lei, sobretudo dentre os mais jovens. Prepará-los para o combate, para uma defesa mais firme dos nossos costumes.

— Está pensando nos alunos de Gamaliel, suponho?

— Exatamente! Temos ótimos alunos, comprometidos com o Templo. Saulo de Tarso e Estêvão, são líderes natos, bem instruídos e excelentes oradores.

— Concordo, esses jovens devem ser doutrinados, e sob uma liderança forte, farão o necessário.

— E isso tem de ser feito logo. Dentro de nossas fileiras já perdemos o José, o levita de Chipre, uma grande promessa. Ele abandonou os estudos e está junto aos líderes desta Seita.

Gamaliel era filho de Simão e neto do renomado Rabino Hilel cuja escola representava o grupo mais liberal dos Fariseus, com opiniões moderadas em relação às leis do sábado, do casamento e do divórcio. Era um dos poucos mestres que aceitavam que os alunos aprendessem grego.

É certo que os alunos podiam serem influenciados por seus mestres, mas Jerusalém não era para inocentes. Dentre os membros do Sinédrio havia divisões políticas e até simpatizantes do Nazareno. Os alunos, por sua vez, sofriam influência dessa divisão e seguiam-se acalorados debates, cada qual defendendo seu próprio partido.

A promessa de que os estudantes seriam doutrinados não se confirmaria de todo. Primeiro José, mais tarde chamado pelos apóstolos de Barnabé, e depois Estevão, achariam seu destino justamente na doutrina do Nazareno.

Capítulo IV

A Expansão

Foram anos de colheitas fracas. Em Jerusalém a fome foi aliviada graças ao trabalho dos apóstolos. Mas o ano de 34 d.C. foi excepcionalmente bom, aliviando o trabalho e permitindo incursões pelas cidades próximas.

Em Jerusalém ficaram Pedro e André. Muito atarefados, constituíram os primeiros diáconos: Estêvão, Filipe, Prócoro, Nicanor, Timom, Pármenas e Nicolau, um convertido ao judaísmo, proveniente de Antioquia. Desses diáconos, alguns se constituíram missionários.

Filipe foi à Samaria e realizou muitos milagres, conseguindo a atenção da população. Então lhes pregou as boas novas do Reino de Deus e do nome de Jesus Cristo. Creram nele, e foram batizados, tanto homens como mulheres.

Os apóstolos em Jerusalém, ouvindo que Samaria havia aceitado a mensagem, enviaram para lá Pedro e João. Estes, ao chegarem, oraram para que eles recebessem o Espírito Santo, pois o Espírito ainda não havia descido sobre nenhum deles que tinham sido batizados em nome de Jesus.

Tendo testemunhado e proclamado a nova doutrina, Pedro e João voltaram a Jerusalém, pregando o evangelho em muitos povoados samaritanos.

Um anjo do Senhor disse a Filipe: "Vá para o sul, para a estrada deserta que desce de Jerusalém a Gaza". Ele partiu e no caminho encontrou um eunuco etíope, um oficial importante, encarregado de todos os tesouros de Candace, rainha dos etíopes.

Esse homem viera a Jerusalém para adorar a Deus e, de volta para casa, sentado em sua carruagem, lia o livro do profeta Isaías.

E o Espírito disse a Filipe: "Aproxime-se dessa carruagem e acompanhe-a". Então Filipe correu para a carruagem e ouviu o homem lendo o profeta Isaías.

— O senhor entende o que está lendo?

— Como posso entender se alguém não me explicar?

Assim, convidou Filipe para subir e sentar-se ao seu lado. O eunuco leu uma passagem da Escritura: "Ele foi levado como ovelha para o matadouro, e como cordeiro mudo diante do tosquiador, ele não abriu a sua boca. Em sua humilhação foi privado de justiça. Quem pode falar dos seus descendentes? Pois a sua vida foi tirada da terra".

— Diga-me, por favor: de quem o profeta está falando? De si próprio ou de outro?

Então Filipe, começando com aquela passagem da Escritura, anunciou-lhe as boas novas de Jesus.

Prosseguindo pela estrada, chegaram a um lugar onde havia água.

— Olhe, aqui há água. Que me impede de ser batizado?

— Você pode, se crê de todo o coração — disse Filipe

— Eu creio que Jesus Cristo é o Filho de Deus

Assim, deu ordem para parar a carruagem. Então Filipe e o eunuco desceram à água, e Filipe o batizou. Quando saíram da água, o Espírito do Senhor arrebatou Filipe repentinamente.

O eunuco não o viu mais e, cheio de alegria, seguiu o seu caminho. Filipe, porém, apareceu em Azoto, e ao longo do ano subiu pelo litoral, pregando o evangelho em todas as cidades pelas quais passava. Jamina, Jope, Lida, até chegar a Cesareia distante 95km.

Em cada cidade, visitava a sinagoga local e anunciava a boa nova. E, conforme o número de batismos crescia, requisitava que os apóstolos viessem de Jerusalém para que orassem pelos batizados e estes recebessem o Espírito Santo.

O trabalho de Filipe nas cidades litorâneas rendeu muitos frutos. Ao chegar a Cesareia, capital da Judeia, fixou residência. Pedro foi visitar os santos que viviam em Lida. Ali encontrou um paralítico chamado Enéias, que estava acamado fazia oito anos.

— Enéias, Jesus Cristo vai curá-lo!

— Tenho ouvido que Ele é o Messias esperado.

— Sim, o verdadeiro libertador. Você tem estado preso a esta cama. Mas, se creres, ele te libertará, e verdadeiramente serás um homem livre.

— Sim, Pedro, eu creio.

— Então, levante-se e arrume a sua cama.

Ele se levantou imediatamente e todos os que viviam em Lida e Sarona o viram e se converteram ao Senhor.

Em Jope havia uma discípula chamada Tabita, Dorcas em grego, que se dedicava a praticar boas obras e dar esmolas. Naqueles dias ela ficou doente e morreu, e seu corpo foi lavado e colocado num quarto do andar superior.

Lida ficava perto de Jope, e quando os discípulos ouviram falar que Pedro estava em Lida, mandaram-lhe dois homens dizer-lhe: "Não se demore em vir até nós". Pedro foi com eles e, quando chegou, foi levado para o quarto do andar superior.

Todas as viúvas o rodearam, chorando e mostrando-lhe os vestidos e outras roupas que Dorcas tinha feito quando ainda estava com elas.

Pedro mandou que todos saíssem do quarto; depois, ajoelhou-se e orou. Voltando-se para a mulher morta, disse: "Tabita, levante-se". Ela abriu os olhos e, vendo-o, sentou-se.

Tomando-a pela mão, ajudou-a a pôr-se de pé. Então, chamando os santos e as viúvas, apresentou-a viva. Este fato se tornou conhecido em toda a cidade de Jope, e muitos creram no Senhor. Pedro ficou em Jope durante algum tempo, com um curtidor de couro chamado Simão.

Em Cesareia um centurião romano convertido ao judaísmo chamado Cornélio. Piedoso e temente a Deus, com toda sua casa, era generoso nas esmolas para com o povo e continuamente orava a Deus.

Certo dia, por volta das três horas da tarde, ele teve uma visão. Viu claramente um anjo de Deus que se aproximava dele e dizia:

"Cornélio! Suas orações e esmolas subiram como oferta memorial diante de Deus. Agora, mande alguns homens a Jope para trazerem um certo Simão, também conhecido como Pedro, que está hospedado na casa de Simão, o curtidor de couro, que fica perto do mar".

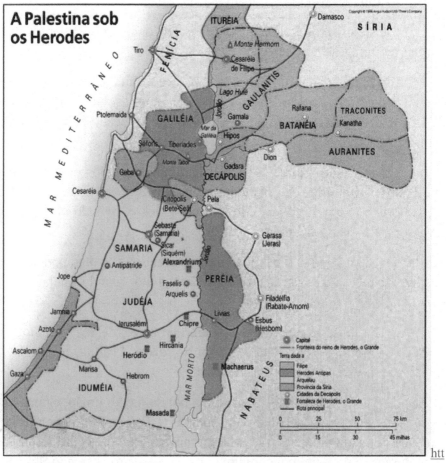

Cornélio chamou dois de seus servos e um soldado piedoso dentre os seus auxiliares, e, contando-lhes o ocorrido, enviou-os a Jope.

No dia seguinte, por volta do meio-dia, enquanto eles viajavam e se aproximavam da cidade, Pedro subiu ao terraço para orar. Tendo fome, queria comer e, enquanto a refeição estava sendo preparada, caiu em êxtase.

Viu o céu aberto e algo semelhante a um grande lençol que descia à terra, preso pelas quatro pontas, contendo toda espécie de quadrúpedes, bem como de répteis da terra e aves do céu.

— Levante-se, Pedro; mate e coma.

— De modo nenhum, Senhor! Jamais comi algo impuro ou imundo!

— Não chame impuro ao que Deus purificou.

Isso aconteceu três vezes; em seguida o lençol foi recolhido ao céu.

Enquanto Pedro refletia no significado da visão, os homens enviados por Cornélio descobriram onde era a casa de Simão e chegaram à porta.

Chamando, perguntaram se ali estava hospedado Simão, conhecido como Pedro. Enquanto Pedro ainda estava pensando na visão, o Espírito Santo lhe disse:

— Simão, três homens estão procurando por você. Portanto, levante-se e desça. Não hesite em ir com eles, pois eu os enviei.

Pedro desceu e disse aos homens:

— Eu sou quem vocês estão procurando. Por que motivo vieram?

Os homens responderam:

— Viemos da parte do centurião Cornélio. Ele é um homem justo e temente a Deus, respeitado por todo o povo judeu. Um santo anjo lhe disse que o chamasse à sua casa, para que ele ouça o que você tem para dizer.

Pedro os convidou a entrar e os hospedou. No dia seguinte partiu com eles, bem como alguns dos irmãos de Jope.

No outro dia chegaram a Cesareia. Cornélio os esperava com seus parentes e amigos mais íntimos que tinha convidado. Quando Pedro ia entrando na casa, Cornélio dirigiu-se a ele e prostrou-se aos seus pés, adorando-o.

Mas Pedro o fez levantar-se, dizendo: "Levante-se, eu sou homem como você". Conversando com ele, Pedro entrou e encontrou ali reunidas muitas pessoas e lhes disse:

— Vocês sabem muito bem que é contra a nossa lei um judeu associar-se a um gentio ou mesmo visitá-lo. Mas Deus me mostrou que eu não deveria chamar impuro ou imundo a homem nenhum. Por isso, quando fui procurado, vim sem qualquer objeção. Posso perguntar por que vocês me mandaram buscar?

Cornélio respondeu:

— Há quatro dias eu estava em minha casa orando a esta hora, às três horas da tarde. De repente, colocou-se diante de mim um homem com roupas resplandecentes e disse: 'Cornélio, Deus ouviu sua oração e lembrou-se de suas esmolas. Mande buscar em Jope a Simão, chamado Pedro. Ele está hospedado na casa de Simão, o curtidor de couro, que mora perto do mar'. Assim, mandei buscar-te imediatamente, e foi bom que tenhas vindo. Agora estamos todos aqui na presença de Deus, para ouvir tudo que o Senhor te mandou dizer-nos.

Então Pedro começou a falar:

— Agora percebo verdadeiramente que Deus não trata as pessoas com parcialidade, mas de todas as nações aceita todo aquele que o teme e faz o que é justo. Vocês conhecem a mensagem enviada por Deus ao povo de Israel, que fala das boas novas de paz por meio de Jesus Cristo, Senhor de todos. Sabem o que aconteceu em toda a Judeia, começando na Galileia, depois do batismo que João pregou, como Deus ungiu a Jesus de Nazaré com o Espírito Santo e poder, e como ele andou por toda parte fazendo o bem e curando todos os oprimidos pelo diabo, porque Deus estava com ele.

E uma pequena multidão ajuntou-se para ouvir a Pedro.

— Nós somos testemunhas de tudo o que ele fez na terra dos judeus e em Jerusalém, onde o mataram, suspendendo-o num madeiro. Deus, porém, o ressuscitou no terceiro dia e fez que ele fosse visto, não por todo o povo, mas por testemunhas que designara de antemão, por nós que comemos e bebemos com ele depois que ressuscitou dos mortos. Ele nos mandou pregar ao povo e testificar que este é aquele a quem Deus constituiu juiz de vivos e de mortos. Todos os profetas dão testemunho dele, de que todo aquele que nele crê recebe o perdão dos pecados mediante o seu nome.

Enquanto Pedro ainda estava falando estas palavras, o Espírito Santo desceu sobre todos os que ouviam a mensagem. Os judeus convertidos que vieram com Pedro ficaram admirados de que o dom do Espírito Santo fosse derramado até sobre os gentios, pois os ouviam falando em línguas e exaltando a Deus.

Então Pedro lembrou do que o Senhor tinha dito: "João batizou com água, mas vocês serão batizados com o Espírito Santo".

— Se, pois, Deus lhes deu o mesmo dom que nos dera quando cremos no Senhor Jesus Cristo, quem sou eu para pensar em opor-me a Deus? Pode alguém negar a água, impedindo que estes sejam batizados? Eles receberam o Espírito Santo como nós!

Então ordenou que fossem batizados em nome de Jesus Cristo e, assim, Pedro ficou com eles alguns dias.

Os apóstolos e os irmãos de toda a Judeia ouviram falar que os gentios também haviam recebido a palavra de Deus. Assim, quando Pedro subiu a Jerusalém, os que eram do partido dos circuncisos o criticavam por ter entrado na casa de homens incircuncisos e ter comido com eles. Pedro, então, começou a explicar-lhes exatamente como tudo havia acontecido, e não apresentaram mais objeções.

Esse fato representava uma grande mudança na relação com o judaísmo. Se por um lado os chefes das sinagogas não criam em Jesus como o Messias esperado, de outro aceitavam de bom grado os prosélitos, pois as sinagogas estavam cada vez mais cheias.

Sem a obrigação da circuncisão e de seguir os rituais judaicos, o movimento rompia o elo e tornava-se uma seita, um culto a um deus personificado que se assemelhava muito mais ao paganismo, mais próximo às ideias greco-romanas, diferindo destes por não requerer sacrifícios de animais. E se isso distinguia os seguidores de Jesus dos pagãos, também os afastava do Templo.

Para os apóstolos, esse era um assunto indigesto. E naquele momento não tinham respostas, nem uma liturgia própria que os diferenciasse do judaísmo. Durante seu ministério, Jesus em duas oportunidades pediu que alimentassem as multidões que vinham ouvir sua mensagem.

Abençoar e repartir o alimento, representava o sacrifício de Jesus e constituía-se, agora em um memorial. De fato, o dia só estava completo quando a congregação se reunia para a refeição e, em comunhão, partilhando o que possuíam, proviam, muitas vezes, a única refeição diária de muitos, especialmente nos anos em que as colheitas foram ainda mais escassas.

Mais de quatro anos se passaram e a expectativa da volta de Jesus se desvanecia. Os apóstolos agora compreendiam melhor a boa nova e a necessidade do rompimento com o judaísmo, uma vez que o sacrifício de Jesus, era o sacrifício perfeito, não necessitando de outros mais.

Além disso, os últimos acontecimentos claramente apontavam uma nova direção. Não haveria necessidade de conversão ao judaísmo, não haveria judeus ou prosélitos, mas apenas seguidores do Caminho.

Capítulo V

A Perseguição

Estêvão, homem cheio da graça e do poder de Deus, realizava grandes maravilhas e sinais entre o povo. Contudo, levantou-se oposição dos membros da chamada Sinagoga dos Libertos, dos judeus de Cirene e de Alexandria, bem como das províncias da Cilícia e da Ásia.

Esses homens começaram a discutir com Estêvão, mas não podiam resistir à sabedoria e ao Espírito com que ele falava. Então subornaram alguns homens para dizerem: "Ouvimos Estêvão falar palavras blasfemas contra Moisés e contra Deus. Que esse Jesus, o Nazareno, destruirá o Templo e mudará os costumes que Moisés nos legou". Com isso agitaram o povo, os líderes religiosos e os mestres da lei. E, prendendo Estêvão, levaram-no ao Sinédrio.

— Que agitação é essa Caifás? — Indagou Anás.

— Uma confusão na Sinagoga dos Libertos. Saulo e os outros alunos debatiam acerca da doutrina do Nazareno com Estevão.

— Chegou o momento! É hora de uma ofensiva contra essa doença. Por cinco anos temos os suportado. Eles corromperam nossos alunos: Estevão, Barnabé e outros mais se infiltraram nas sinagogas e até mesmo no Sinédrio, Nicodemos, José de Arimatéia e, creio, até Gamaliel sucumbiu à nova doutrina. Basta! Faremos de Estevão um exemplo.

— E os romanos? O que farão?

— Agiremos rápido! Saulo e os outros alunos, faremos deles a mão do Sinédrio para restaurar a ordem nas sinagogas. Expulsarão os incircuncisos, levarão à prisão todo judeu que não negar a fé no nazareno. É assunto da nossa Lei, não poderão interferir.

— Muito bem. Convocarei apenas os membros fiéis, o julgamento será rápido — sentenciou Caifás.

Rapidamente reuniu os membros do Sinédrio, a maioria leiais ao seu propósito.

— São verdadeiras estas acusações? — Indagou Caifás.

Então, Estevão fez seu discurso acusando o Sinédrio.

— Povo rebelde, obstinado de coração e de ouvidos! Vocês são iguais aos seus antepassados: sempre resistem ao Espírito Santo! Qual dos profetas os seus antepassados não perseguiram? Eles mataram aqueles que prediziam a vinda do Justo, de quem agora vocês se tornaram traidores e assassinos. Vocês, que receberam a Lei por intermédio de anjos, mas não lhe obedeceram.

Ouvindo isso, ficavam furiosos e rangiam os dentes contra ele.

— Vejo o céu aberto e o Filho do homem de pé, à direita de Deus.

Mas eles taparam os ouvidos e, gritando bem alto, lançaram-se todos juntos contra ele, arrastaram-no para fora da cidade e começaram a apedrejá-lo.

As testemunhas deixaram seus mantos aos pés de Saulo.

E, enquanto apedrejavam Estêvão, este orava:

— Senhor Jesus, recebe o meu espírito.

Então caiu de joelhos e bradou:

— Senhor, não os consideres culpados deste pecado.

E, dizendo isso, faleceu.

No outro dia Anás e Caifás reuniram-se com Saulo e os demais alunos.

— Vocês já não são mais alunos. São mestres da Lei, uma geração que foi enviada por Deus para purificar a nossa fé. Expulsem das sinagogas os incircuncisos, prendam os que confessam o Nazareno até que reneguem esse nome.

— Sim, Caifás, está certo. Vocês são testemunha do quanto essa falsa doutrina tem corrompido os judeus. Acabam de enterrar um ex-colega. O Sinédrio está parcialmente corrompido, as sinagogas infestadas não só aqui em Jerusalém, mas por toda Judeia — completou Anás.

— A guarda do Templo será o braço armado, Saulo terá a autoridade do Sinédrio para comandá-los e como líder, conduzirá vocês nessa missão – determinou Caifás.

— Agradeço a confiança. Tenham a certeza de que faremos o necessário — disse Saulo.

E Saulo assolava a igreja, entrando pelas casas; e, arrastando homens e mulheres, os encerrava na prisão até que negassem à Jesus.

Tal situação não passou desapercebida e, alguns meses depois, Pilatos enviou Júlio com uma tropa a fim de verificar a situação.

— Centurião, esperava que o Prefeito viesse — disse Caifás.

— Ele ficou em Cesareia, a morte do governador Lúcio Flaco o deixou bem ocupado — informou Júlio.

— Já se sabe quem assumirá o governo da Síria?

— Será o Consul Lúcio Vitélio. Mas, com a chegada do inverno, só deverá aportar em Damasco no ano que vem. Mas não sou correio romano, minha missão aqui é exigir que parem as perturbações na cidade. A guarnição informa que as celas estão cheias e que a tempos não se via tanta agitação na cidade.

Nesse momento um guarda irrompe no salão da Fortaleza de Antônia trazendo um homem escoltado.

— Saulo! — exclamou Caifás.

— Sim, é o seu verdugo. Tivemos apenas uma conversa.

— Está tudo bem Caifás. Informei ao Centurião que estamos retirando das sinagogas os seguidores do nazareno. Eles desrespeitam à nossa lei, violam o sábado, tocam em pessoas impuras, reúnem-se com pecadores. Esse tipo de coisa não toleraremos mais.

— Não me importa que vocês judeus se matem! Não me interessa seus profetas, deuses ou costumes. O Prefeito quer paz em Jerusalém até a chegada do novo governador.

— Certamente Centurião, também não queremos que haja problemas. É justamente por isso que estamos combatendo essa praga. Nesses últimos anos eles tem aumentado em número e em riqueza. Dizem que o nazareno retornará e querem incitar o povo contra Roma.

— Está me escondendo algo, sacerdote?

— O que o sumo-sacerdote está dizendo é que estamos do lado de Roma, temos combatido a infestação desses homens nas nossas sinagogas, não permitindo que subvertam o povo — ponderou Saulo.

— Não é o momento para isso, estamos entendidos?

No Templo, Caifás reúne um grupo, incluindo seu sogro Anás.

— O que houve? Soubemos que o Saulo tinha sido levado à Fortaleza.

— Calma Anás; acabei de vir de lá. Pilatos está preocupado com a chegada do novo governador e pediu para suspender as ações de purificação das sinagogas.

— Se me permite — interrompeu Saulo — as sinagogas de Jerusalém foram limpas. Gostaria de cartas para fazer o mesmo em Damasco.

— Mesmo agora, Pilatos é um empecilho. Com ou sem governador ele trata de atar nossas mãos — resmungou Caifás.

— Mesmo assim, não podemos perder o momento, Saulo dever seguir para Damasco — disse Anás.

De sua parte, Júlio aciona os espiões na cidade afim de saber se Caifás escondera algo acerca das intenções dos seguidores do caminho.

Logo descobre que não em Jerusalém, mas em Samaria, muitos samaritanos seguiam um novo messias. Segundo os informes, na próxima lua nova se reuniriam aos pés do Monte Gerizim, onde outrora havia um templo, e que muitos iriam armados; que subiriam o monte e, no alvorecer, ofereceriam sacrifícios para que o deus deles ajudasse na revolta.

Júlio relatou o que se passava à Pilatos e este planejou uma emboscada para os insurgentes. Certamente isso asseguraria créditos diante do novo governador.

Esse messias samaritano assegurou que, em sua chegada, mostraria os recipientes sagrados que estavam enterradas no monte, onde Moisés os depositou. Seus seguidores apareceram armados próximo a uma vila chamada Tirathana.

Mas antes que eles pudessem ascender o monte, em 15 de julho de 36 d.C., Pilatos bloqueou a rota com um destacamento de cavalaria e infantaria pesadamente armada, chacinou alguns em uma batalha campal próxima à vila e colocou os outros em fuga. Muitos prisioneiros foram feitos e Pilatos ordenou que cortassem a cabeça dos principais líderes e daqueles que eram mais influentes.

Pilatos esperava mostrar ao governador Vitélio seu zelo. No entanto, os mais ilustres dos samaritanos foram a Damasco e acusaram Pilatos de ter cometido muitos assassinatos, afirmaram que os que foram massacrados não tinham pensado em se rebelar contra os romanos, antes haviam se reunido perto de Tirathana, somente para resistir às suas violências.

O governador pôs seu amigo Marcelo, interinamente, no lugar de Pilatos enquanto esse estivesse em Roma para dar explicações ao imperador Tibério. O inverno impediu que Pilatos fosse por mar, tendo de ir por terra à Roma, deixando sua esposa Cláudia Prócula aos cuidados de Júlio.

O prefeito interino tinha sua guarda pessoal e Júlio ficou relegado à condição de intendente da esposa de Pilatos até que na primavera pudesse embarcá-la em um navio com destino à Roma.

Vitélio foi a Jerusalém, pela festa da Páscoa, sendo recebido com grandes honras. Ele restituiu aos habitantes o direito de cobrar impostos sobre os frutos vendidos e permitiu aos sacerdotes que guardassem eles mesmos, como outrora, o éfode e os outros ornamentos sacerdotais, que estavam então na fortaleza Antônia. Também destituiu Caifás do sumo-sacerdócio, entregando o cargo Jônatas, filho de Anás.

Quanto a Pilatos, depois de dez anos governando a Judeia, retornou à Roma para dar explicações ao imperador Tibério. Mas, quando lá chegou, o imperador já havia morrido em 17 de março de 37 d.C. e nem sequer foi ouvido. Permaneceu em Roma até a chegada da esposa e encerrou sua vida pública.

Júlio permaneceu em Cesareia, embora sem o prestígio de antes, foi designado para comandar a guarda do porto e lá permaneceu até cumprir seu tempo como legionário e fazer jus a sua aposentadoria.

Capítulo VI

A Conversão

Saulo nasceu em 10 d.C. na cidade de Tarso localizada na região da Cilícia, atualmente pertencente à província de Mersin, território turco, às margens do Mar Mediterrâneo. Embora judeu, da tribo de Benjamim, já nasceu com a cidadania romana. A família logo mudou-se para Jerusalém, onde foi criado e estudou com o mestre Gamaliel, o que lhe garantia, juntamente com as posses da família, uma posição no Sinédrio.

Embora fariseu, ascendeu no conceito do sinédrio quando foi designado para combater uma nova seita chamada "O Caminho" que se infiltrava nas sinagogas da cidade. Sendo bem-sucedido, pediu autorização para fazer o mesmo nas sinagogas de Damasco e para lá partiu no verão de 36 d.C.

Era uma casa simples na rua direita, bem no centro de Damasco, próximo ao mercado. Normalmente alugada a viajantes que iam e vinham nas rotas de comércio.

Ananias bateu à porta e um servo veio abrir-lhe, informando-o, para a sua surpresa, que já era esperado. Então, conduzindo-o a um aposento pouco iluminado, onde um homem aos pés de seu catre, de joelhos, parecia em oração.

— Seu nome é Ananias? — indagou o homem.

— Sim sou eu. Você é o Saulo?

Saulo levantou-se com a ajuda do servo e pôs-se em pé em frente à Ananias.

— Aquele que a ti enviou, também a mim apareceu como uma luz forte na estrada para Damasco. A três dias estou cego, não como nem bebo, em oração permaneço. Então hoje, aquele a quem eu perseguia, me falou de novo; disse que enviar-me-ia Ananias e que eu fizesse o que ele ordenasse.

— Aquele que me enviou, e o seu nome é Jesus de Nazaré, mandou-me curar sua cegueira. Eu relutei muito, mas ele disse "Vá! Este homem é meu instrumento escolhido para levar o meu nome perante os gentios e seus reis, e perante o povo de Israel. Mostrarei a ele o quanto deve sofrer pelo meu nome".

Então Ananias impôs suas mãos sobre Saulo e orou, e sua oração foi ouvida. Caíram como que escamas dos olhos de Saulo e este voltou a enxergar.

— Que devo fazer agora? — indagou Saulo,

— Se credes em Jesus, é conveniente que sejas batizado.

Então foram até rio Abana e Saulo foi mergulhado em suas águas.

— Naamã diante de Eliseu indagou: "O Abana e o Pharpar não são melhores do que todas as águas de Israel?". É chegado o tempo de Deus se manifestar além do Jordão, pois Jesus será anunciado aos gentios — profetizou Ananias.

Logo, Saulo usaria seu nome latino, Paulo, condizente com sua cidadania romana, pois, desde o início, sua pregação seria mais bem recebida entre os não judeus.

O nome Paulo, em grego, podia se entender como menor, porquanto havendo perseguido a igreja não se julgava a altura dos demais. De fato, a despeito do tempo que passou com Ananias, ainda lhe era difícil absorver as mudanças. Assim, passou mais de um ano no deserto da Arábia, onde residia alguns familiares e onde buscou que a revelação divina o fizesse compreender melhor a pessoa de Jesus.

Retornou à Damasco e começou a pregar nas sinagogas que Jesus era o Filho de Deus. Todos os que o ouviam ficavam perplexos e perguntavam: "Não é ele o homem que procurava destruir em Jerusalém aqueles que invocam este nome? E não veio para cá justamente para levá-los presos aos chefes dos sacerdotes?".

Todavia, Saulo se fortalecia cada vez mais e confundia os judeus que viviam em Damasco, demonstrando que Jesus é o Cristo.

— Irmãos, quero que saibam que o evangelho por mim anunciado não é de origem humana. Não o recebi de pessoa alguma nem me foi ele ensinado; pelo contrário, eu o recebi de Jesus Cristo por revelação. Vocês ouviram qual foi o meu procedimento no judaísmo, como perseguia com violência a igreja de Deus, procurando destruí-la. No judaísmo, eu superava a maioria dos judeus da minha idade, e era extremamente zeloso das tradições dos meus antepassados. Mas Deus me separou desde o ventre materno e me chamou por sua graça. Quando lhe agradou revelar o seu Filho em mim para que eu o anunciasse entre os gentios.

Decorridos muitos dias, os judeus decidiram de comum acordo matá-lo, mas Saulo ficou sabendo do plano deles. Dia e noite eles vigiavam as portas da cidade a fim de matá-lo. Mas os seus discípulos o levaram de noite e o fizeram descer num cesto, através de uma abertura na muralha.

Quando chegou a Jerusalém, em 38 d.C., tentou reunir-se aos discípulos, mas todos estavam com medo dele, não acreditando que tivesse realmente se convertido.

Então foi procurar um antigo colega de estudos, Barnabé, que o levou aos apóstolos Pedro e Tiago, irmão de Jesus, e lhes contou como, no caminho para Damasco, Saulo vira o Senhor, que lhe falara, e como em Damasco ele havia pregado corajosamente em nome de Jesus.

Entretanto, as visões de ambos eram dispares.

— Jesus veio para os judeus, e aos judeus deve ser anunciado. Os gentios podem ser aceitos, mas devem se converter ao judaísmo — insistia Pedro.

— Também eu era defensor do judaísmo. Mas Jesus me mostrou que a mensagem é para todos, que não faz mais sentido seguir a Lei, pois ela é apenas uma visão turva da perfeita lei que é o sacrifício do Cristo — retrucou Saulo.

— Não convenceremos a ninguém se abdicarmos das tradições — ponderou Tiago.

— Não anulo a graça de Deus; pois, se a justiça vem pela lei, Jesus morreu inutilmente!

Assim, Saulo ficou com eles duas semanas, e andava com liberdade em Jerusalém, pregando corajosamente em nome do Senhor. Falava e discutia com os judeus de fala grega, mas estes, insuflados pelo Sinédrio, tentavam matá-lo.

Saulo andava triste, pois tentava, em vão, convencer os judeus de que Jesus era o Cristo. E, aos apóstolos, de que judeus e gentios não podiam permanecer debaixo da lei mosaica.

Se de um lado, Saulo, um cidadão romano poliglota e cosmopolita, transitava facilmente entre judeus e pagãos. Os apóstolos, habitantes de pequenas vilas e sem maior instrução, não se sentiam à vontade fora do judaísmo.

— Insista, logo os apóstolos lhe compreenderão — dizia Barnabé.

— Quanto aos que pareciam influentes, o que eram então não faz diferença para mim; Deus não julga pela aparência, tais homens influentes não me acrescentaram nada — reclamou Saulo.

Com ameaças de morte, e o seu desejo de deixar Jerusalém, os irmãos o levaram para Cesareia para tomar um navio para Tarso, sua cidade natal, capital da província da Cilícia.

Ao chegar ao porto, foi retido por um centurião.

— Não devia usar seu nome romano, Paulo? — indagou Júlio.

— Eu o conheço?

— Certamente me reconheceria dos muitos açoites, se sua cidadania romana não me tivesse impedido de fazê-lo, a causa das prisões e mortes em Jerusalém.

— Eu seria merecedor por tais ações, que muito me arrependo. No caminho para Damasco, onde iria proceder de igual modo, fui alcançado por Jesus de Nazaré e desde então tenho pregado em seu nome.

— Ora, finalmente alguém me dá notícias de um corpo que muito procurei sobre a terra. Tinha certeza de tê-lo tirado morto daquela cruz.

— Para o seu alívio, ele morreu, mas ressuscitou ao terceiro dia e foi elevado aos céus e a mim chamou para levar a boa nova aos gentios.

— Mas, romano ou não, tenha cuidado para sua pregação não se voltar contra Roma. Continuo descrente que qualquer que seja o deus para o qual se ore, tenha ele mais poder que a espada romana.

— Quem vive pela espada, pela espada perecerá. Mas aquele que perecer por Jesus, este viverá para sempre.

— Filosofia apropriada para um morto. Mas meu mundo é o dos vivos. Agora vá, seu navio está recolhendo as rampas!

Ao norte da cidade de Tarso, existia uma estrada que conduzia até os Portões da Cilícia, onde se encontrava a única boa rota de comércio que ligava a Síria e a Ásia Menor. A posição privilegiada nessa rota favoreceu o desenvolvimento da cidade e nove quilômetros ao sul, foi construído um porto onde muitos navios ancoravam, embora algumas embarcações menores navegassem até a metade de Tarso subindo pelo curso do rio Cidno.

As montanhas de Taurus próximas à cidade forneciam recursos de alta qualidade de prata e ferro, e desde 7 a.C., mercadores gregos estabeleceram uma colônia ali. Este era o público a que Saulo desejava levar o evangelho de Jesus. E lá permaneceu desde 38 d.C. a 43 d.C.

O ano de 39 d.C. trouxe grandes mudanças na Judeia.

De fato, foi o ápice de uma série de circunstâncias que uma a uma foram eliminando as tetrarquias. Primeiro, em 34 d.C., faleceu Herodes Felipe, moderado e amante da paz, durante trinta e sete anos governou as tetrarquias de Traconítida, a Gaulanita e a Bataneia. Como ele não deixou filhos, Tibério anexou os seus territórios à Síria, sob a condição de que o dinheiro dos rendimentos permanecesse no seu país.

Herodes Antipas entrou em guerra contra o seu ex-sogro Aretas, rei de Petra, cuja filha repudiara para casar-se com Herodias. Após uma grande derrota, escreveu ao Imperador contra Aretas. Tibério ordenou a Vitélio que lhe declarasse guerra e o trouxesse vivo, se possível, ou lhe mandasse a cabeça, caso ele viesse a morrer na luta.

Vitélio, para executar a ordem recebida, tomou duas legiões e suas cavalarias e outras tropas que os reis sujeitos ao Império Romano lhe enviaram. Na sua marcha em direção a Petra, chegou a Ptolemaida. O seu intento era fazer passar o exército através da Judeia. Como as legiões romanas traziam em seus estandartes figuras que eram contrárias aos judeus. Ele mandou que os soldados passassem pelo campo. E foi a Jerusalém oferecer sacrifícios a Deus, pois se aproximava o dia de uma festa. Ele foi recebido com grandes honras e lá permaneceu três dias.

Nesse tempo, tirou o sumo sacerdócio de Jônatas para dá-la a Teófilo, seu irmão, também filho de Anás. Havendo recebido a notícia da morte de Tibério, fez o povo prestar juramento de fidelidade a Caio Calígula, que lhe sucedera no império. Essa mudança o fez recolher as tropas, e ele enviou-as aos quartéis de inverno e voltou a Antioquia.

Herodes Agripa I, era neto de Herodes o grande, por parte de seu casamento com Mariana. Era filho de Berenice e Aristóbulo, executado em 6 d.C. a mando do próprio pai. Foi criado em Roma e frequentava os círculos da família real do império.

Pouco antes da morte de Herodes, o Grande, Agripa foi para Roma. Estava sempre à mesa com Druso Júlio César, filho do imperador Tibério, e conquistou a sua amizade bem como caiu no agrado de Antônia, mulher de Nero Cláudio Druso, irmão de Tibério, e mãe de Germânico e de Cláudio.

Com a morte de Druso, ficou sem apoio e com grandes problemas financeiros sendo forçado a sair de Roma em 23 d.C. Durante algum tempo viveu em Tiberíades acolhido por Herodes Antipas, seu meio tio, casado com sua irmã, Herodias. Mas tempos depois Agripa se desentendeu com o tio Antipas – que, bêbado, lançou lhe em rosto a sua pobreza e o fato de que dependia dele para comer - e mais uma vez retornou a Roma.

Em Roma, Agripa acabou sendo preso por expressar de forma descuidada o seu desejo de que seu amigo Caio Júlio César Germânico, mais conhecido como Calígula, se tornasse logo o novo imperador.

Com a morte de Tibério, em 37 d.C., Calígula foi generoso com seu amigo e após libertá-lo da prisão, fez com que cortassem os cabelos, mudasse a roupa e colocou-lhe uma coroa na cabeça, constituindo-o rei da tetrarquia que pertencera a Filipe, lhe concedendo o direito de usar insígnias pretorianas - *ornamenta praetoria*, que não tinha poder efetivo, mas simbolizava honra e privilégios da carreira política romana. Foi a primeira vez que se concedeu tal honraria a um tetrarca cliente. Como sinal de seu afeto, presenteou-o com uma cadeia de ouro que tinha o mesmo peso daquela, de ferro, que ele usara na prisão. Em seguida, nomeou Marulo governador da Judeia e no lugar de Vitélio, nomeou Públio Petrônio.

Herodias não pôde suportar as honras e prosperidade de seu irmão, que se elevava acima de seu marido. Aquele que antes fora obrigado a se refugiar junto deles por não ter meios de pagar as próprias dívidas, agora retornava cumulado de honras e de glória. Isso lhe roía o coração, então insistia com o marido para que fosse a Roma reivindicar semelhante honra. Dizia que Agripa usava uma coroa, enquanto seu marido, filho de um rei e que todos os parentes desejavam vê-lo carregando o cetro não aspirava semelhante honra, contendo-se em levar uma vida modesta.

Herodes Antipas amava a tranquilidade e desconfiava da corte romana, tudo fez para dissuadir a mulher de tal ideia. Mas ela tanto o atormentou que ele não pôde mais resistir às suas importunações. Quando partiram para Roma, Agripa enviou um servo chamado Fortunato ao imperador, com presentes e cartas, nas quais escreveu contra Herodes, acusando-o de haver conspirado com Lúcio Élio Sejano contra Tibério; de agora favorecer Artabano, rei dos partos, contra o próprio Caio e que mantinha arsenais suficiente para armar setenta mil homens.

O imperador perguntou a Herodes Antipas se era verdade que ele possuía tão grande arsenal. Não podendo negar o fato, Calígula tirou-lhe a tetrarquia e anexou-a ao reino de Agripa, confiscou todo o seu dinheiro, entregando-o também a Agripa, e condenou-o ao exílio perpétuo em Lugduno (Lyon), cidade da Gália (França). Ao saber que Herodias era irmã de Agripa, cogitou deixar com ela aquele dinheiro, na convicção de que a princesa não desejava seguir o marido em sua desgraça.

— Vós agis, senhor, de uma maneira digna de vós, fazendo-me esse favor. Todavia, o amor pelo meu marido não me permite recebê-lo. Como tive parte na sua prosperidade, não é justo que eu o abandone agora no infortúnio.

No inverno de 39 d.C., a população grega de Jâmnia, na Judeia, construiu um altar para o culto imperial e os judeus da cidade imediatamente o destruíram, isso foi tomado como um insulto pessoal pelo imperador Calígula, que já estava irritado com o conflito entre gregos e judeus em Alexandria, com ambas as delegações em Roma esperando sua intervenção.

Então ordenou que o novo governador Públio Petrônio convertesse o Templo de Jerusalém num templo dedicado ao *"novo Zeus Epiphanes Gaius"* colocando uma estátua de Júpiter baseada na imagem do próprio Calígula no seu interior.

Mesmo contando apenas com duas legiões e um número equivalente de auxiliares, o governador estava diante da ameaça de uma revolta sem precedente. Assim, atrasou o máximo a construção, escreveu carta ao imperador dando conta do atraso e face a proximidade das colheitas e requereu poder instalá-la ao fim desta.

Petrônio escreveu novamente ao imperador relatando a determinada resistência dos judeus e até Herodes Agripa foi à Roma tentar demover essa ideia do imperador.

O imperador enfurecido mandou Petrônio se suicidar:

"Pois você prestou mais atenção aos presentes dados a você pelos judeus do que às minhas ordens e se comportou em benefício deles, diferentemente do que eu te havia comandado. Agora deverá ser o seu próprio juiz e decidir o que deverá acontecer com você para que sinta a minha raiva. Porque eu quero fazer de você um exemplo para alertar o povo e a posteridade por agir contra as ordens de César."

Entretanto, essa ordem não chegou a ser cumprida...

Calígula foi o apelido que os soldados deram ao garotinho vestido de legionário com suas pequenas sandálias militares – as cáligas – que acompanhava o pai, o general Germânico, sobrinho do imperador Tibério.

Apesar de inúmeras atrocidades, sua administração foi exitosa no início, mas seus erros e reformas urbanísticas levaram ao esvaziamento do tesouro. Sendo esse o principal motivo que levou ao seu assassinato.

O reinado de Calígula foi curto, em 24 de janeiro de 41 d.C., foi assassinado pelos executores de uma conspiração integrada por pretorianos e senadores, e liderados pelo seu prefeito do pretório, Cássio Quereia.

Os senadores desejavam mais poder para si, com a restauração da república. Foram frustrados quando, no mesmo dia do assassinato de Calígula, o seu tio Cláudio foi declarado imperador pelos pretorianos. Ele logo ordenou a execução dos assassinos.

Quando Calígula foi assassinado, Agripa estava Roma tentando demovê-lo da ideia de pôr a estátua no Templo. Ele desempenhou um papel importante nas negociações entre militares e senadores, que desembocaram na confirmação de Cláudio como imperador.

Agradecido, Claudio concedeu-lhe o governo da Judéia, Samaria e Iduméia, que eram províncias romanas desde a deposição de Herodes Arquelau. Desse modo, reconstituiu-se o reino que Herodes, o Grande, construíra e que fora desmembrado após sua morte. Deu-lhe ainda, de sua parte, o reino de Abilene, que pertencera a Lisânias, com todas as terras do monte Líbano. O testemunho dessa aliança com o povo romano foi gravado em uma lâmina de cobre que foi colocada no meio da grande praça do mercado de Roma.

Capítulo VII

Herodes Agripa I

Na sua chegada em 41 d.C., o agora rei da Judeia, Herodes Agripa I, cumpriu seus ofícios junto ao Templo. Mas, antes, destituiu o Sumo Sacerdote Teófilo, filho de Anás, e pôs no lugar dele Simão Cantara, filho de Boete, cuja filha havia desposado Herodes, o grande.

O novo rei dos judeus esforçou-se para conquistar a simpatia do povo, reduzindo o imposto predial dos habitantes da cidade de Jerusalém, fazendo doações generosas ao Templo e intervindo em prol das comunidades da Diáspora, em especial a de Alexandria, que vivia em permanente estado de conflito com os gregos.

— Anás! A que devo a honra de sua visita?

— Oh Rei Agripa, certamente não encontro honra ante vossos olhos desde que há dois anos tirou o sumo sacerdócio de minha casa.

— Ainda se queixa por Teófilo, mas eu devia honrar a família em primeiro lugar.

— Sei que o rei, a semelhança de vosso pai, defende o judaísmo e sei do que tem feito pelo Templo. Mas vivemos dias difíceis com um mal que cresce dentro das nossas sinagogas.

— Do que está falando?

— Dos seguidores do Caminho, essa seita que há treze anos tem se infiltrado nas sinagogas, pregando um messias que foi crucificado.

— Ora sacerdote, um messias amaldiçoado com uma morte dessas não merece crédito... nem se pode falar que era um messias.

— Mas seus seguidores pregam sua ressureição e que foi elevado aos céus como o profeta Elias.

— Isso é uma blasfêmia! E o que tem sido feito para exterminar esse mal?

— Nada! Isso é o que me traz aqui. Enquanto a minha casa esteve à frente do Sinédrio, combatemos esse mal. Expulsamos os seguidores das sinagogas e os prendemos até que renegassem esse falso messias... mesmo com o prefeito Pilatos sendo contra. Mas hoje, vosso Sumo Sacerdote, embriagado pelas honras e bajulações, não se dispõe a defender nossa Lei, se isso causar confusão na cidade.

— Não adianta podar uma erva daninha, é preciso arrancar-lhe a raiz. Quem são os líderes? Dê-me nomes!

— Sim, oh rei, providenciarei os nomes ..., mas sem apoio no sinédrio suas ações podem ser reprovadas, a semelhança de vosso pai que matou aqueles salteadores.

— Entendo... voltamos ao início! Para ter o apoio do Sinédrio, você quer de volta o cargo para seu filho? Pois bem, Teófilo voltará ao cargo.

— Oh rei, não convém que dês a impressão de que se arrependeu, é preciso indicar um novo nome. A minha casa se sentirá honrada se o rei indicar meu filho Matias.

— Assim seja!

Assim, em 43 d.C., quando o sumo sacerdócio foi entregue a Matias, Anás e seus espiões identificaram para os soldados de Agripa a casa de Maria, mãe de João Marcos.

Os soldados invadiram o lugar e mataram a fio de espada a alguns que estavam no andar de baixo, dentre eles Tiago, irmão de João, filhos de Zebedeu.

Os homens que estavam no andar superior, dentre eles Pedro, foram levados à Fortaleza de Antônia. Então, os encerraram na prisão, entregando Pedro a quatro quaternos de soldados, para que o guardassem, querendo apresentá-lo ao povo depois da Páscoa.

Anás arregimentou uma turba que se pôs frente ao palácio onde Agripa estava. Estes o louvavam por haver praticado tais atos e isso agradou-o.

Depois de alguns dias, resolveu Agripa fazer comparecer a Pedro perante ele para julgá-lo. Mas, na noite anterior, estava Pedro dormindo entre dois soldados, ligado com duas cadeias, e os guardas diante da porta guardavam a prisão. E eis que sobreveio o anjo do Senhor, e resplandeceu uma luz na prisão; e, tocando a Pedro, o despertou, dizendo: Levanta-te depressa. E caíram-lhe das mãos as cadeias.

E disse-lhe o anjo: Cinge-te, e ata as tuas alparcas. E ele assim o fez. Disse-lhe mais: Lança às costas a tua capa, e segue-me.

E, saindo, o seguia, não sabendo se era real o que estava sendo feito pelo anjo, mas pensava que via alguma visão.

E, quando passaram a primeira e a segunda guarda, chegaram à porta de ferro, que dá para a cidade, a qual se lhes abriu por si mesma; e, tendo saído, percorreram uma rua, e logo o anjo se apartou dele.

— Agora sei verdadeiramente que o Senhor enviou o seu anjo, e nos livrou da mão de Herodes Agripa, e de tudo o que o povo dos judeus esperava fazer de nós — disse Pedro.

Então foi à casa de Maria onde alguns estavam reunidos em oração, a fim de anunciar-lhes o ocorrido e pedir-lhes que deixassem o lugar, pois logo os soldados voltariam à sua procura.

Não demorou muito para os soldados perceberem o ocorrido, não só Pedro, como os demais, haviam escapado da prisão. E logo iniciaram as buscas, mas nãos os encontraram.

Logo que Herodes Agripa ficou sabendo do ocorrido, mandou açoitar aos guardas que estavam à serviço naquela noite.

Agripa dirigiu depois os seus cuidados a Jerusalém. Empregou o dinheiro público para aumentar e reedificar os muros da nova cidade, e a teria tornado tão forte que ela seria inexpugnável. Porém Marcos, governador da Síria, avisou o imperador, e este ordenou a Agripa que não continuasse o trabalho. E ele não ousou desobedecer.

Foi nesse tempo que tornou a tirar o sumo sacerdócio da casa de Anás, entregando a Elioneu, filho de Citeu, porquanto este ofereceu grande soma pelo cargo.

Herodes Agripa era muito liberal com dinheiro, pois mesmo tendo além das rendas da Judeia também as de Samaria e Cesareia, dadas pelo imperador Claudio, via-se obrigado a pedir emprestado grandes somas.

No último ano de seu reinado, 44 d.C., celebrou na cidade de Cesareia, jogos em honra ao imperador. Os principais do reino e toda a nobreza da província reuniram-se nessa festa. No segundo dia dos espetáculos, Agripa chegou bem cedo pela manhã ao teatro. Usava uma veste trabalhada com muita arte, cujo forro era de prata, e, quando o sol o iluminava com os seus raios, emitia tão vivos reflexos de luz que não se podia olhar para ele sem se sentir tomado por um respeito misto de temor.

Então foi ovacionado pela multidão como um deus e profeticamente falou ao povo.

— Aquele que pretendeis fazer acreditar que é imortal está prestes a morrer. A providência divina veio desmascarar a vossa mentira. Mas é preciso aceitar as determinações de Deus, apesar de eu ter sido muito feliz, a ponto de não haver príncipe de quem eu invejasse a felicidade.

Já havia dias que não se sentia bem, e dizendo estas palavras, suas dores abdominais aumentaram e logo foi levado ao palácio, onde agonizou por cinco dias, morrendo aos cinquenta e quatro anos.

Deixou, ao morrer, um filho de dezessete anos, chamado Agripa II e três filhas, das quais a mais velha, de nome Berenice, que então contava dezesseis anos, havia desposado Herodes de Cálcis, seu tio. Mariana, que era a segunda, de dez anos, era noiva de Júlio Arqueiau, filho de Cheicias. E a terceira, de nome Drusila, que tinha apenas seis anos de idade, viria a ser esposa do futuro procurador romano Félix.

Assim, como a maioria da realeza, o jovem Agripa II vivia em Roma e o imperador Claudio foi dissuadido de nomeá-lo rei devido a sua pouca idade. Assim, retornou a Judeia à condição de província e nomeou Cúspio Fado como procurador e autoridade sobre todo o reino.

O novo procurador restituiu o costume de guardar as vestes sacerdotais a fim de impedir a participação do sumo sacerdote em ocasiões festivas que julgasse propensa a revoltas ou protestos. Tal situação permaneceu até que embaixadores judeus conseguiram revertê-la junto ao imperador Claudio, que o concedeu para atender ao pedido do jovem Agripa II.

Fado também deu cabo de um suposto messias, chamado Teudas, que arrastou um grande número ao rio Jordão onde dizia que faria o rio abrir passagem. Fado enviou uma unidade de cavalaria para os surpreender e tendo capturado Teudas, expos sua cabeça em Jerusalém.

O imperador Claudio concedeu a Herodes de Cálcis, irmão do falecido Agripa I, o poder sobre o Templo e o seu tesouro, bem como o poder para nomear o sumo sacerdote. Assim, ainda em 44 d.C., ele indicou José filho de Caneu.

Um ano antes, alguns homens de Chipre e Cirene chegaram à Antioquia. Eles falaram aos gregos acerca de Jesus de Nazaré e houve ali muitas conversões. A cidade, distante 480 km de Jerusalém era a capital da província romana da Síria, com cerca de meio milhão de habitantes, era a terceira maior do império.

Quando esta notícia chegou aos ouvidos da igreja que estava em Jerusalém, enviaram Barnabé a Antioquia. Este, quando chegou, viu a graça de Deus, e muito se alegrou, exortando a todos que permanecessem no Senhor, com propósito de coração. Mas entendeu que sozinho não daria conta daquela missão. Assim, partiu Barnabé para Tarso, para buscar Saulo e trazê-lo à Antioquia.

E por um ano se reuniram naquela igreja e ensinaram muita gente; e em Antioquia foram os discípulos, pela primeira vez, chamados Cristãos.

Naqueles dias desceram profetas de Jerusalém para Antioquia e com eles um de nome Ágabo, que dava a entender pelo Espírito, que haveria uma grande fome em todo o mundo, e isso aconteceu ainda no tempo do imperador Cláudio César, em 46 d.C.

Os discípulos determinaram mandar, cada um conforme o que pudesse, socorro aos irmãos que habitavam na Judéia. O que eles com efeito fizeram, enviando-o aos anciãos por mão de Barnabé e de Saulo.

O trabalho de Barnabé e Saulo na capital da Síria era aceito pelos de Jerusalém com relativa preocupação. Pedro insistia que os judeus fossem objeto da pregação e junto com ambos enviou a João Marcos, primo de Barnabé. Marcos seria os olhos e ouvidos dos apóstolos naquela cidade.

Mais tarde Marcos narraria a sua versão do evangelho, com a contribuição da vivência de Pedro junto à Jesus e com sua breve e inusitada participação, acompanhando a captura de Jesus envolto num lençol. Ao contrário do esperado, sua narrativa focaria os leitores gentios em geral e romanos em particular.

Capítulo VIII

As Viagens Missionárias

Sob o governo de Cúspio Fado (44 d.C. a 46 d.C.) e seu sucessor, Tibério Júlio Alexandre (46 d.C. a 48 d.C.), os cristãos gozavam de certa liberdade. O novo governador, nascido de uma rica família judaica de Alexandria, abandonou a fé judaica e não se importava com os costumes ou partidos.

De Jerusalém partiram Saulo, Barnabé e João Marcos até Cesareia onde tomariam um navio para Antioquia. No porto, mais uma vez, Saulo foi interpelado por Júlio.

— Retornando para Antioquia? Meus informantes dizem que lá fez muitos seguidores do nazareno.

— É verdade. Há muito trabalho a ser feito por lá.

— O velho Anás morreu e o novo governador só tem interesse em recolher mais impostos. Se estivesse com o Sinédrio, agora, não teria mais a ganhar? O sumo sacerdócio não lhe interessaria?

— Fui crucificado com Cristo. Assim, já não sou eu quem vive, mas Cristo vive em mim. A vida que agora vivo no corpo, vivo-a pela fé no filho de Deus, que me amou e se entregou por mim.

— É o que o Centurião Cornélio fala. O nazareno morreu para salvar as pessoas; que lhes dará a vida eterna. Mas eu estava lá e só vi um homem comum morrer e ser sepultado.

— Então, no que crê? — Indagou Barnabé.

— Eu cuido da minha irmã, por anos mandei-lhe dinheiro para que tivesse um dote. Finalmente se casará com um comerciante e virá morar em Éfeso. Eu creio que os vivos cuidam dos vivos, morto não cuida de ninguém.

— Mas Ele foi sepultado e ressuscitou ao terceiro dia, foi visto pelos mais íntimos seguidores e depois foi visto, uma vez, por mais de quinhentos irmãos, que vivem e disso testificam. E por derradeiro de todos, apareceu também a mim, que antes perseguia os seus — argumentou Saulo.

— Eu vi o quanto os cristãos ajudaram quando a fome se abateu sobre a Judeia. Nisso, eu vejo os vivos cuidando dos vivos. Quem sabe um dia eu o veja também; e creia em algo como os Campos Elísios, onde nossas almas terão descanso.

Os três homens seguem para o navio. Mas o jovem Marcos se queixa da consideração para com o soldado romano.

— Eu sei o que tentavam fazer... Aquele homem não hesitaria em lançar-nos na prisão e até nos matar. E vocês queriam convencê-lo de que Cristo vive.

— O profeta Isaias afirma que haverá uma raiz de Jessé, aquele que se levanta para governar os gentios; nele os gentios esperarão. Não é Jesus o Cristo, a raiz de Jessé? Também aos gentios Ele deve ser anunciado — contestou Saulo.

Depois de algum tempo em Antioquia, Barnabé, Simeão, chamado Níger, Lúcio de Cirene, Manaém, que crescera no palácio de Herodes Antipas, e Saulo receberam orientação do Espírito Santo para que Saulo e Barnabé visitassem as sinagogas da Síria.

Marcos se dispõe a acompanhar a dupla, seguindo as instruções de Pedro, para garantir a prioridade dos judeus.

O trio desceu até Selêucia e dali navegaram para a ilha de Chipre, chegando a Salamina e atravessaram a ilha toda até Pafos. Em todos os lugares anunciavam a palavra de Deus nas sinagogas dos judeus,

Em Pafos, o procônsul romano Lúcio Sérgio Paulo ouviu falar dos prodígios que se fazia em nome de Jesus e apelou a um judeu chamado Elimas que os trouxesse até ele.

De má vontade e com muitas ressalvas ele os fez chegar até o procônsul. E, na medida que Saulo falava acerca de Jesus, ele intervinha, negando que um condenado à crucificação pudesse ser o messias esperado pelos judeus.

Então Saulo, cheio do Espírito, fitando os olhos nele disse:

— Ó filho do Diabo, cheio de todo o engano e de toda a malícia, inimigo de toda a justiça, não cessarás de perverter os caminhos retos do Senhor? Agora eis a mão do Senhor sobre ti, e ficarás cego, sem ver o sol por algum tempo.

Imediatamente caiu sobre ele uma névoa e trevas e, andando à roda, procurava quem o guiasse pela mão. De forma que o procônsul e os que estavam com ele creram.

Depois do ocorrido houve uma discussão entre Saulo e João Marcos, que acusou Saulo de ser mais insistente na pregação aos gentios que aos Judeus, bem como de não lhes exigir a circuncisão. E agora, até mesmo mudara seu o nome para se apresentar diante do procônsul.

— Você tem sido testemunha de quanto os judeus apresentam resistência ao nome de Jesus. Se me anunciei como Paulo, como romano, apenas usei-o numa forma de chegar até ele. Pois me faço como judeu para os judeus, para ganhar os judeus; para os que estão debaixo da lei, como se estivesse debaixo da lei, para ganhar os que estão debaixo da lei. E para os que estão sem lei, como se estivesse sem lei - não estando sem lei para com Deus, mas debaixo da lei de Cristo - para ganhar os que estão sem lei. Faço-me como fraco para os fracos, para ganhar os fracos. Para que por todos os meios chegar a salvar alguns.

E, partindo de Pafos, Paulo e os que estavam com ele chegaram a Perge, da Panfília. Mas João Marcos, apartando-se deles, voltou para Jerusalém.

Seguindo pela Via Imperial Augusta percorreu 260 km a pé, atravessando o monte Taurus chegando a Antioquia da Psídia, uma colônia e um posto militar avançado dos romanos, sendo a cidade mais importante da região.

Sendo, um sábado, dirigiram-se à sinagoga, e como de costume, foi lhes dada a palavra por serem mestres itinerantes. A esta altura, a pregação de Paulo era radical, a lei de Moises não podia justificar a pessoa diante de Deus, senão pela crença em Jesus, o messias esperado, sendo Ele o sacrifício perfeito.

Isso chamou atenção dos gentios que rogaram que a eles lhes repetisse a pregação no sábado seguinte.

No dia marcado, quase todos da cidade se reuniram para ouvir a pregação. Então os judeus, vendo a multidão, encheram-se de inveja e, blasfemando, contradiziam o que Paulo falava. Mas Paulo e Barnabé, afirmaram que era necessário pregassem aos judeus.

— Mas, visto que a rejeitais, e não vos julgais dignos da vida eterna, eis que nós nos voltamos para os gentios; porque o Senhor assim nos mandou: "eu te pus para luz dos gentios a fim de que sejas para salvação até os confins da terra".

E assim, como aconteceria em outras cidades, os judeus se uniam a outros e perseguiam a Paulo e Barnabé, que sob ameaça deixavam a cidade. Mesmo assim, a semente era plantada e, em muitos casos, crescia e se fortalecia.

Em Listra, um coxo de nascença foi curado pela oração de Paulo. Mas a multidão os via como sendo deuses que tomaram forma humana. E o sacerdote de Júpiter, cujo templo estava em frente da cidade, trazendo para a entrada da porta touros e grinaldas, queria com a multidão sacrificar-lhes. Paulo e Barnabé recusaram.

Aproveitando essa recusa, uns judeus de Antioquia e de Icônio insuflaram a multidão a apedrejaram a Paulo e o arrastaram para fora da cidade, julgando-o morto.

Ajudado pelos discípulos, se recuperou e junto com Barnabé refez o caminho de volta e em cada cidade visitavam os cristãos e exortavam a permanecerem na fé, a despeito das provações. De comum acordo, elegiam anciãos para liderar a igreja, já não mais associada a sinagoga e sem distinção entre judeus e gentios.

Foi esse o relato que trouxeram à Antioquia, de onde partiram três anos antes para a primeira viagem missionária.

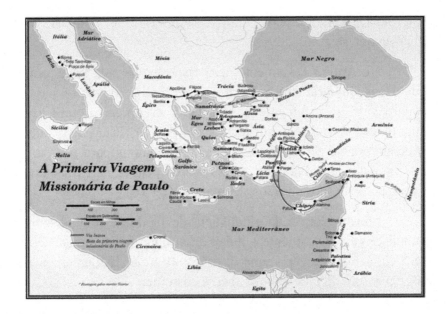

O ano 49 d.C. foi uma pausa para Paulo e Barnabé, antes de empreenderem uma nova viagem. Porém não foi sem conflitos. Judeus, agora seguidores do caminho, vieram da Judeia morar em Antioquia e ensinavam que era necessária a circuncisão, sem a qual os gentios não se salvariam. Isto é, após a morte não estariam com Deus e o pai Abraão.

O conhecimento de Paulo da Lei de Moisés, lhe permitia rebater tal afirmação.

— Irmãos, é evidente que, pela lei, ninguém é justificado diante de Deus, porque disse o Senhor, pelo profeta Habacuque, "o justo viverá pela fé"; a lei serviu-nos como um guardião para nos conduzir a Cristo, a fim de que fôssemos justificados pela fé nele. Ninguém será justificado diante de Deus por obras da lei. A lei nunca teve a intenção de salvar ninguém; o objetivo da lei era nos dar o pleno conhecimento do pecado. Antes da lei, o próprio Abraão foi justificado pela fé, o mesmo ocorreu com Davi. — Citando o Salmo 32. — Em outras palavras, a justiça é concedida àqueles que têm fé em Deus — Abraão, Davi e todos nós compartilhamos o mesmo caminho da salvação. Jesus é a pedra que os construtores rejeitaram, mas ele veio a ser a pedra angular. E não há salvação em nenhum outro, porque debaixo do céu não existe nenhum outro nome, dado entre os homens, pelo qual importa que sejamos salvos

No Antigo Testamento, a salvação vinha pela fé na promessa de que Deus enviaria um Salvador. Aqueles que viveram nesse tempo aguardavam ansiosamente o Messias e criam na promessa de Deus quanto ao Servo do Senhor que estava por vir (Isaías 53). Aqueles que exerceram essa fé foram salvos. Hoje, olhamos para a vida, morte e ressurreição do Salvador e somos salvos pela fé na expiação de Jesus Cristo pelos nossos pecados (Romanos 10:9-10).

Mesmo com toda eloquência de Paulo, a circuncisão era algo que distinguia fisicamente o judeu de um não judeu, e justificavam que sem ela sempre haveria uma divisão na igreja. Evidentemente, não se cogitava que um judeu abolisse esse costume.

Além disso, outra questão paralela estava sendo levantada. Era lícito haver contato social irrestrito entre os cristãos judeus e os gentios? Pois esses não seguiam os costumes alimentares dos judeus. Como, então, os judeus poderiam participar das refeições comunitárias?

De tal modo a discussão se estendeu que Paulo e Barnabé, bem como alguns daqueles que os contestava foram à Jerusalém para que os apóstolos e anciões decidissem a questão.

Embora bem recebidos em Jerusalém, os fariseus convertidos insistiam que era mister circuncidá-los e mandar-lhes que guardassem a lei de Moisés. Pedro interveio.

— Homens irmãos, bem sabeis que já há muito tempo Deus me elegeu dentre nós, para que os gentios ouvissem da minha boca a palavra do evangelho, e cressem. E Deus, que conhece os corações, lhes deu testemunho, dando-lhes o Espírito Santo, assim como também a nós; E não fez diferença alguma entre eles e nós, purificando os seus corações pela fé. Agora, pois, por que tentais a Deus, pondo sobre a cerviz dos discípulos um jugo que nem nossos pais nem nós pudemos suportar? Mas, cremos que seremos salvos pela graça do Senhor Jesus Cristo, como eles também.

Tiago, irmão de Jesus, tornara-se líder da igreja em Jerusalém e, tomando a palavra, citou o profeta Amós.

— Simão relatou como primeiramente Deus visitou os gentios, para tomar deles um povo para o seu nome. E com isto concordam as palavras dos profetas; como está escrito:" Depois disto voltarei, e reedificarei o tabernáculo de Davi, que está caído, levantá-lo-ei das suas ruínas, e tornarei a edificá-lo. Para que o restante dos homens busque ao Senhor, e todos os gentios, sobre os quais o meu nome é invocado". Por isso julgo que não se deve perturbar aqueles, dentre os gentios, que se convertem a Deus. Mas escrever-lhes que se abstenham das contaminações dos ídolos, da fornicação, do que é sufocado e do sangue.

Além de Paulo e Barnabé, os profetas Judas e Silas ficaram encarregados de levar cartas com o que fora decidido até Antioquia. Cumprida a missão, Judas retornou à Jerusalém e Silas permaneceu na cidade.

Ainda no ano 50 d.C., Paulo e Barnabé decidiram revisitar as igrejas, mas se desentenderam quanto à ida de João Marcos com eles. De forma que Paulo e Silas foram às igrejas da Síria e Cilícia enquanto Barnabé e João Marcos foram para Chipre... Até 58 d.C. fizeram outras duas viagens missionárias.

Capítulo IX

A Prisão de Paulo

Em 58 d.C. Paulo chega a Jerusalém a fim de prestar contas do muito que fizeram entre os gentios. A despeito disso foi instruído a raspar a cabeça e purificar-se a fim de apresentar-se no Templo, para que o vissem como cumpridor da Lei.

Contudo, antes dos sete dias da purificação, houve um grande alvoroço no Templo provocado por judeus vindos da Asia.

— Israelitas, socorro! Este é o homem que por toda parte ensina todos a serem contra os judeus, contra a Lei e contra esse lugar; ainda mais, introduziu até gregos no Templo e profanou o recinto sagrado!

Arrastaram Paulo para fora do Templo e enquanto espancavam-no, a guarnição romana veio debelar o tumulto e levaram-no para a fortaleza com grande dificuldade. Dada a ferocidade da multidão, o comandante ordenou que o levassem e sob açoites fosse interrogado para saber por que motivo ele iniciara tal alvoroço.

Mas, logo os soldados descobriram que se tratava de um cidadão romano e tiraram-lhes as cadeias.

No dia seguinte, frente ao sumo sacerdote e ao Sinédrio, mal pode falar e logo foi espancado. Paulo, sabendo que uma parte era de saduceus e outra de fariseus, clamou ao conselho:

— Homens irmãos, eu sou fariseu, filho de fariseu; no tocante à esperança e ressurreição dos mortos sou julgado.

Estas poucas palavras provocaram grande tumulto e, novamente, o tribuno romano, Cláudio Lísias, grego de nascimento, mandou que o recolhessem à fortaleza.

Logo uma conspiração é formada com intento de atrair Paulo para novo interrogatório e entregá-lo nas mãos de quarenta homens dispostos a tirar-lhe a vida.

Mas tal informação chegou aos ouvidos do tribuno que arregimentou duzentos soldados, setenta de cavalaria e outros duzentos arqueiros para, de madrugada, escoltar o prisioneiro até Cesareia, acompanhado de uma carta:

Cláudio Lísias, a Félix, potentíssimo presidente, saúde.

Esse homem foi preso pelos judeus; e, estando já a ponto de ser morto por eles, sobrevim eu com a soldadesca, e o livrei, informado de que era romano.

E, querendo saber a causa porque o acusavam, o levei ao seu conselho.

E achei que o acusavam de algumas questões da sua lei; mas que nenhum crime havia nele digno de morte ou de prisão.

E, sendo-me notificado que os judeus haviam de armar ciladas a esse homem, logo te o enviei, mandando também aos acusadores que perante ti digam o que tiverem contra ele. Passa bem.

O governador Marco Antônio Félix leu a carta e decidiu só interrogar o prisioneiro quando os acusadores chegassem. Enquanto isso Paulo foi recolhido ao pretório de Herodes.

Cinco dias depois, o sumo sacerdote Ananias juntamente com o Sinédrio e o orador Tértulo, destacado para acusação chegaram a Cesareia.

— Este homem é uma peste, promotor de sedições entre todos os judeus e o principal defensor da seita do nazareno. Intentou também profanar o templo. Nós o prendemos e, conforme a nossa lei, o quisemos julgar. Mas, sobrevindo o tribuno Lísias, tirou-o de nossas mãos com grande violência.

Apresentada a defesa de Paulo, pelo próprio, novamente a questão central voltou a ser a ressureição dos mortos. O governador achou por bem esperar a presença do tribuno Lísias, do qual saberia mais sobre a seita chamada "O Caminho".

Ao longo de dois anos o governador entrevistou Paulo diversas vezes, mas o manteve preso para agradar aos judeus.

Tão logo o novo governador Pórcio Festo chegou à Judeia, tratou de ir à Jerusalém. O sumo sacerdote e o Sinédrio apelaram para que trouxesse Paulo para julgá-lo. Mas o governador decidiu que eles fossem à Cesareia, para que lá, diante do prisioneiro, ouvisse as acusações. Cerca de duas semanas depois Paulo foi confrontado com seus acusadores e, diante da insistência de que ele fosse levado à Jerusalém para julgamento, apelou, como cidadão romano, ao julgamento de César.

Por esse tempo, 59 d.C., Marcus Julius Agrippa, Herodes Agripa II, já governava a tetrarquia que fora de Herodes Felipe e mais alguns territórios. Era considerado grande conhecedor dos costumes judeus. Estando em Cesareia, foi convidado por Festo a ouvir a Paulo, e, assim, ajudá-lo a preparar as acusações para o julgamento diante do Imperador Romano.

Paulo historiou sua trajetória, de perseguidor à defensor de Jesus, o Cristo, e do quanto fez para que a boa nova fosse levada tanto a judeus como aos gentios.

— Mas tenho contado com a ajuda de Deus até o dia de hoje, e, por este motivo, estou aqui e dou testemunho tanto a gente simples como a gente importante. Não estou dizendo nada além do que os profetas e Moisés disseram que haveria de acontecer: que o Cristo haveria de sofrer e, sendo o primeiro a ressuscitar dentre os mortos, proclamaria luz para o seu próprio povo e para os gentios".

— Você está louco, Paulo! As muitas letras o estão levando à loucura.

— Não estou louco, excelentíssimo Festo. O que estou dizendo é verdadeiro e de bom senso. O rei Agripa está familiarizado com estas coisas e, certamente, crê nos profetas.

— Você acha, Paulo, que em tão pouco tempo pode me convencer a tornar-me cristão? — Questionou Agripa.

— Em pouco ou em muito, peço a Deus que não apenas tu, mas todos os que hoje me ouvem se tornem como eu.

Agripa deu a audiência por encerrada.

— Sabe Festo, este homem não fez nada que mereça morte ou prisão, bem poderia ser liberto, se não houvesse apelado à César.

— Concordo, não há motivo para detê-lo aqui, devemos preparar a peça de acusação e embarcá-lo no próximo navio.

Algum tempo depois, Paulo é informado que sua partida se aproxima.

— Cristão! Aqui estão seus companheiros de viagem. Eu mesmo fui voluntário para levá-lo. É minha última missão como soldado.

Paulo logo reconheceu seu algoz, era o velho centurião Júlio, antes responsável pela segurança do porto. Com ele estavam Aristarco, de Tessalônica, e o jovem médico Lucas.

Junto com Paulo, uma leva de prisioneiros seria conduzida à Roma. Isso atrasou a viagem e só puderem embarcar em outubro de 59 d.C. Um navio de Adramita, um porto na costa oeste da Ásia Menor - atual Turquia, os levaria tão somente até Mirra.

Partiram de Cesareia e, no dia seguinte, ancoraram em Sidom, um porto fenício 110km ao norte, onde completaram a carga. Júlio permitiu que Paulo fosse ao encontro de amigos cristãos locais, para que estes suprissem as suas necessidades.

Com ventos contrários, seguiram pela costa, passando ano norte de Chipre, atravessando o mar aberto ao longo da Cilícia e da Panfília, ancorando em Mirra, na Lícia, um porto para navios graneleiros que trafegavam entre Alexandria e Roma.

Lá, trocaram de embarcação e, por muitos dias, navegaram com dificuldade até defronte de Cnido. Por causa dos ventos fortes e contrários, atravessaram para Creta, acompanhando o litoral menos exposto da ilha, defronte ao cabo de Salmona. Costearam a ilha com grande esforço, até que chegaram a Bons Portos, perto da cidade de Laseia. Haviam perdido muito tempo e as condições climáticas estavam se tornando perigosas para a navegação devido a aproximação do inverno.

Logo estabeleceu-se uma discussão.

— Senhores, vejo que a nossa viagem será desastrosa e acarretará grande prejuízo para o navio, para a carga e para as nossas vidas — preveniu Paulo.

— Estamos em uma enseada aberta, inadequada para passar o inverno, o navio e sua carga estarão em perigo. É melhor seguir mais adiante pela costa de Creta até chegarmos à Fenice, um porto mais apropriado.

— Concordo com o capitão — ponderou Júlio.

Ventos mais suaves vindos do Sul deram esperança de uma navegação tranquila. Então zarparam e foram navegando ao longo da costa de Creta. Mas, ventos muito fortes vindos à nordeste arrastaram o navio para o meio da tempestade. A tripulação com muito esforço recolheu o escaler, que era rebocado pelo navio.

Assim, desistiram de lutar contra a tempestade e baixaram as velas, ficando à deriva. Com medo de encalharem nos bancos de areia de Sirte, reforçaram o navio com cordas e todos do barco ajudaram no trabalho.

O segundo dia começou com o mar ainda mais revolto e decidiram lançar fora parte da carga. Paulo e os demais prisioneiros, no porão, faziam subir as ânforas cheias de cereais até o convés para serem laçadas ao mar. No mais, não havia o que a tripulação fazer, senão abrigarem-se nos porões, apelando para que a embarcação suportasse a tempestade.

Paulo assentava-se juntos a seus companheiros de viagem e cantavam hinos, bem como relembrava histórias de suas viagens missionárias, que o médico Lucas registrava avidamente.

— Paulo, onde você conheceu o Lucas — indagou Aristarco.

— Eu o conheci em Trôade, ele já era um fervoroso evangelista em Filipos.

Filipos era uma colônia romana na Macedônia onde viviam muitos soldados aposentados. Era a principal cidade daquele distrito e não tinha sinagogas. Os judeus se reunião às margens dos rios à sombra das árvores.

Assim como Filipos, as colônias romanas como Antioquia da Pisídia, Listra, Trôade, Ptolemaida, Corinto dentre outras eram consideradas parte de Roma em solo estrangeiro e os cidadãos desfrutavam dos mesmos direitos que teriam se vivessem na Itália, como eleger seus oficiais e não pagar os impostos provinciais.

— Lembro que nos deparamos com uma escrava que tinha um espírito pelo qual predizia o futuro. Ela ganhava muito dinheiro para os seus donos com as adivinhações — completou Lucas.

A mulher dizia a todos que eles eram servos do Deus altíssimo anunciando o caminho da salvação. Numa cidade politeísta e de forte influência grega isso causava confusão e não favorecia o trabalho de evangelização.

— Sim, quando ordenei que o espírito saísse da moça e ela cessou de predizer o futuro, os donos da escrava juntaram um grande grupo e agarraram a mim e a Silas e nos arrastaram para a praça principal, diante das autoridades, acusando-nos de perturbarem a cidade, propagando costumes contrário aos romanos. Os magistrados ordenaram que tirassem nossas roupas e fomos severamente açoitados e lançados na prisão.

Na ocasião, o carcereiro os pôs no cárcere interior e lhes prenderam os pés ao tronco.

— Por volta da meia-noite, eu e Silas estávamos orando e cantando hinos a Deus e os outros presos nos ouviam. De repente, houve um terremoto tão violento que os alicerces da prisão foram abalados. Imediatamente todas as portas se abriram, e as correntes de todos se soltaram. O carcereiro acordou e, vendo abertas as portas da prisão, desembainhou sua espada para se matar, porque pensava que os presos tivessem fugido. Então gritei: Não faça isso! Estamos todos aqui. O carcereiro pediu luz, entrou correndo e, trêmulo, prostrou-se diante de mim e Silas.

— E o que houve depois — indagou Júlio, que a esta altura já se juntara ao grupo.

— O carcereiro queria saber o que devia fazer para ser salvo. Eu disse: Creia no Senhor Jesus, e serão salvos, você e os de sua casa. Então lavou-nos as feridas e nos levou até sua casa, onde foi pregada a palavra de Deus, a ele e a todos os de sua casa, e todos foram batizados.

— Certamente este soldado foi punido por sua negligência, libertando os prisioneiros sem ordem superior —comentou Júlio.

— Não, quando amanheceu, os magistrados mandaram os soldados ao carcereiro com ordem para soltar-nos. Eles nos açoitaram publicamente sem processo formal e nos lançaram na prisão. Sendo cidadãos romanos, queriam livrar-se de nós secretamente. Eu disse: Não! Venham eles mesmos e nos libertem. Vieram se desculpar diante nós e nos conduziram para fora da prisão.

Era importante que, ao público, a igreja não fosse vista como causadora de rebelião contra Roma e como religião fosse considerada legítima. Os magistrados ouvindo que eram romanos, açoitados sem processo, temiam pôr em risco a condição da cidade como colônia romana.

A tempestade não diminuíra e, no terceiro dia, o capitão ordenou que jogassem ao mar a armação do navio. Foi um trabalho árduo cortar a madeira em plena tempestade.

Mais tarde, no porão, Paulo é interpelado por Júlio.

— Conte mais de suas viagens, isso ajuda a melhorar o humor da tripulação e de meus soldados.

— Paulo, fale-nos de seu tempo em Corinto — pediu Lucas.

Em Corinto, Paulo encontrou abrigo na casa de Áquila e Priscila que eram fabricantes de tendas, como ele. Antes, moravam na Itália, quando o decreto do imperador Claudio, em 49 d.C., expulsou os judeus de Roma devido a frequentes distúrbios.

— Não foi uma época fácil, lá escrevi duas cartas à igreja em Tessalônica. Na primeira expressei minha gratidão pela acolhida e defendi-me da acusação de usar o ministério com fins lucrativos. Exortei-os a permanecer firme frente à perseguição, não voltando aos hábitos do paganismo e, por fim, respondi a dúvida quanto aos que morrem.

— Este assunto me interessa agora — disse o capitão.

— Os que dormem esperam a vinda de Jesus, quando serão ressuscitados e subirão aos céus. Em decorrência da primeira carta, tive que escrever uma segunda, pois alguns pararam de trabalhar e já aguardavam o fim dos tempos, que estaria às portas. Mas antes haverá a apostasia e um homem do pecado, o filho da perdição. Este se oporá e se exaltará acima de tudo o que se chama Deus ou é objeto de adoração, a ponto de se assentar no santuário de Deus, proclamando que ele mesmo é Deus.

Não aparecendo nem sol nem estrelas por muitos dias, e continuando a abater-se sobre eles grande tempestade, quase todos perderam a esperança de salvamento.

— Os senhores deviam ter aceitado o meu conselho de não partir de Creta, pois assim teriam evitado este dano e prejuízo. Mas agora recomendo-lhes que tenham coragem, pois nenhum de vocês perderá a vida; apenas o navio será destruído. Pois ontem à noite apareceu-me um anjo do Deus a quem pertenço e a quem adoro, dizendo-me: Paulo, não tenha medo. É preciso que você compareça perante César; Deus, por sua graça, deu-lhe as vidas de todos os que estão navegando com você. Assim, tenham ânimo, senhores! Creio em Deus que acontecerá do modo como me foi dito. Devemos ser arrastados para alguma ilha.

As palavras de Paulo serviram de conforto, mas não diminuiu a tensão existente. Na maior parte do tempo os prisioneiros eram responsáveis por tirar a água que invadia os porões. No descanso assentavam-se ao redor de Paulo para ouvir suas histórias, algumas delas se passaram em Éfeso, um importante centro comercial e capital da província da Ásia. Havia um grande tempo dedicado a deusa Ártemis e seu culto movimentava o comércio local. Boa parte dos habitantes era propensa a feitiçarias.

Deus fazia milagres extraordinários por meio de Paulo, de modo que até lenços e aventais que Paulo usava eram levados e colocados sobre os enfermos. Estes eram curados de suas doenças, e os espíritos malignos saíam deles.

— Soube que alguns judeus em Éfeso andavam expulsando espíritos malignos tentaram invocar o nome do Senhor Jesus sobre os endemoninhados, dizendo: "Em nome de Jesus, a quem Paulo prega, eu lhes ordeno que saiam!" —Comentou Aristarco.

— Sim, de fato, os que faziam isso eram os sete filhos de Ceva, um dos chefes dos sacerdotes dos judeus. Um dia, um espírito maligno lhes respondeu: "Jesus, eu conheço, Paulo, eu sei quem é; mas vocês, quem são?" — disse Paulo, arrancando gargalhadas dos presentes.

— E o que aconteceu a eles? — inquiriu Júlio, muito mais interessado.

— O endemoninhado saltou sobre eles e os dominou, espancando-os com tamanha violência que eles fugiram nus e feridos. Quando isso se tornou conhecido de todos os judeus e os gregos que viviam em Éfeso, foram tomados de temor. Muitos dos que creram vinham, e confessavam e declaravam abertamente suas más obras. Grande número dos que tinham praticado ocultismo reuniram seus livros e os queimaram publicamente — explicou Paulo.

Na décima quarta noite, ainda com o navio sendo levado de um lado a outro no Mediterrâneo, os marinheiros lançaram a sonda. Verificaram que a profundidade era de trinta e sete metros; pouco tempo depois, a lançaram novamente e encontraram vinte e sete metros, indicando que estavam próximos da terra.

Temendo serem jogados contra as pedras, lançaram quatro âncoras da popa e faziam preces para que amanhecesse o dia. Tentando escapar do navio, os marinheiros baixaram o barco salva-vidas ao mar, a pretexto de lançar âncoras da proa.

Alertado pelo Espírito Santo, Paulo interpela Júlio.

— No convés, os marinheiros estão por abandonar o navio. Se assim o fizerem, eles perecerão.

Júlio não se importava se morreriam ou não, mas esses homens eram necessários para conduzirem o barco, caso saíssem da tempestade. Assim, mandou que os soldados cortarem as cordas e lançarem o escaler ao mar.

— Senhores, hoje faz catorze dias que vocês têm estado em vigília constante, sem nada comer. Agora eu os aconselho a comerem algo, pois só assim poderão sobreviver. Nenhum de vocês perderá um fio de cabelo sequer.

Tendo dito isso, tomou pão e deu graças a Deus diante de todos. Então o partiu e começaram a comer.

Havia 276 pessoas a bordo, depois de terem comido aliviaram o peso do navio, lançando o restante da carga de trigo ao mar, a fim de elevar o navio e permitir chegar à praia.

Quando amanheceu não reconheceram a terra, mas viram uma enseada com uma praia, para onde decidiram conduzir o navio, se fosse possível.

Cortando as âncoras, deixaram-nas no mar, desatando ao mesmo tempo as cordas que prendiam os lemes. Então, alçando a vela da proa ao vento, dirigiram-se para a praia.

Mas o navio encalhou num banco de areia, onde tocou o fundo. A proa encravou-se e ficou imóvel, e a popa foi quebrada pela violência das ondas. Então os soldados resolveram matar os presos para impedir que algum deles fugisse, jogando-se ao mar.

Mas o centurião queria poupar a vida de Paulo e os impediu de executar tal plano. Então ordenou aos que sabiam nadar que se lançassem primeiro ao mar em direção à terra e os outros agarrassem em tábuas ou em pedaços do navio a fim de salvarem-se.

Em meio a chuva e ao frio, todos chegaram a salvo em terra e foram recebidos pelos habitantes da ilha de Malta, que de bom grado fizeram fogueiras para aquecê-los.

Paulo ajuntou um monte de gravetos; quando os colocava no fogo, uma víbora, fugindo do calor, prendeu-se à sua mão. E sacudindo a cobra no fogo, não sofreu mal nenhum.

Quando os habitantes da ilha viram a cobra agarrada na mão de Paulo, disseram ao centurião: "Certamente este homem é assassino, pois, tendo escapado do mar, a Justiça não lhe permite viver".

— Nos últimos dias ouvi e vi o suficiente para crer que este homem serve a um deus poderoso e através dele opera maravilhas — revelou Júlio.

Um servo de Púbio, o principal da ilha, cujo pai estava acamado a vários dias com febre e desinteria, fez saber ao seu senhor; e este abrigou a todos em sua propriedade.

Paulo entrou para ver o enfermo e, depois de orar, impôs-lhe as mãos e o curou. Tendo acontecido isso, os outros doentes da ilha vieram e foram curados.

Passados três meses, embarcaram em um navio alexandrino que tinha passado o inverno na ilha Aportando em Siracusa.

Após três dias partiram e chegaram à Régio e, no dia seguinte, soprando o vento sul, prosseguiram para Potéoli e de lá para Roma.

Paulo recebeu permissão para morar por conta própria, sob a custódia de um soldado.

— Minha missão está cumprida, já não sou mais um soldado, deitei fora minha espada e armadura. A única coisa que levo é esta *longinus*. Estava esquecida na fortaleza de Antonia e foi com esta lança que estoquei o corpo daquele que lhe apareceu na estrada para Damasco — revelou Júlio.

— Ao menos o conheceu pessoalmente. Que fará agora, já que não é mais um soldado? — Indagou Paulo.

— Vou para a Capadócia, onde está minha irmã. Mas, antes, quero ser batizado. Assim, quando lá chegar, mostrarei esta lança e contarei tudo que vi e ouvi a respeito de Jesus.

— Sim, ouviremos falar das muitas obras que irás fazer. Mas, seu nome será esquecido e só lembrarão desta lança que carregas.

Júlio testificou por toda Capadócia e com seu testemunho e milagres ajudou na expansão do cristianismo.

Epílogo

Segundo compêndio católico da vida dos santos, São Longuinho foi o legionário romano que, com sua lança, perfurou o lado do corpo de Jesus crucificado, para certificar-se da sua morte.

Nem a Bíblia e nem outra história qualquer conta explicitamente como ou quando Paulo morreu. De acordo com a tradição cristã, Paulo foi decapitado em Roma durante o reinado do imperador Nero em meados dos aos 60 na Abadia das Três Fontes.

Escritos apócrifos dão conta que, antes de sua morte, Paulo havia viajado à Hispânia, além da Grécia e Ásia Menor, sendo preso em Troas e enviado à Roma, onde foi executado.

Herodes Agripa II foi o último da família a reinar. Em maio de 66, no décimo sétimo ano de seu reinado, iniciou-se a revolta dos judeus contra os romanos. Jerusalém foi destruída pelos romanos no ano 70 e Agripa, exilado em Roma, veio a falecer no ano 100. Com sua morte a Judeia foi incorporada à Província da Síria.

O Muro das Lamentações é o único vestígio do antigo Templo de Herodes, erguido por Herodes, o Grande no lugar do Templo de Jerusalém inicial. É a parte que restou de um muro de arrimo que servia de sustentação para uma das paredes do edifício principal e que em si mesmo, não integrava o Templo que foi destruído pelo general Tito, no ano 70.

A Wikipédia e os escritos de Flávio Josefo são as fontes, que permitiram escrever esta pequena obra. A estas, meus sinceros agradecimentos.

Made in the USA
Columbia, SC
18 June 2023

17910549R00075